花咲小路二丁目中通りのアンパイア

小路幸也

Yukiya Shoji

ポプラ社

花咲小路二丁目中通りのアンパイア　目次

花咲小路二丁目中通りのアンパイア

目次

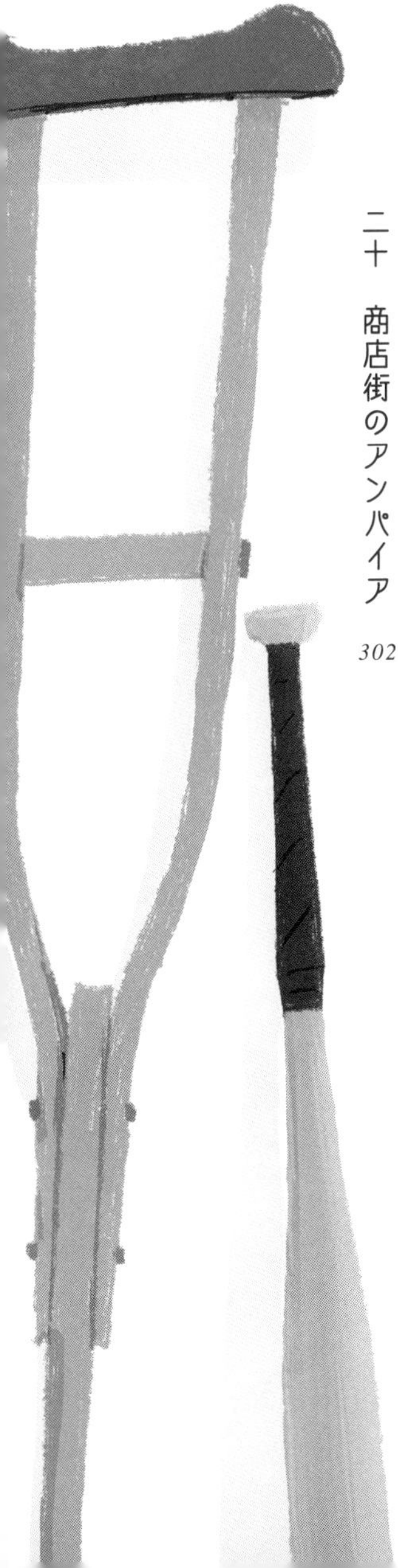

花咲小路二丁目中通りのアンパイア

プロローグ　禄朗が怪我をして〈和食処あかさか〉で仁太とゴンドと望が話す

いや旨《うま》い。

この〈唐揚げ甘酢あんかけ定食〉はとんでもなく旨い。〈唐揚げ定食〉は辰《たつ》さんがやってた頃からのメニューで、望《のぞみ》がそこにオリジナルな甘酢あんかけを作ってかけたんだが、ブラボーと叫びたくなるぐらいに旨い。

「どう思うよ」

ゴンドさんが顰《しか》め面《つら》で言う。

「いや旨いよ」

「違うって、そのロクデナシって野郎のことよ」

ロクデナシと来たか。そう呼びたくなる気持ちはわかるけどさ。

「禄朗《ろくろう》。ロクちゃんね。もしくはロックって呼ばれてたりもしたけど」

今度は思いっ切りわざと顔を顰めた。

「ロックンローラーでもあるまいし」

「まぁ違うね」

ロクちゃんはたいやき屋で、アンパイアだ。あんパイアだけにたいやき屋、ってのは、もう近所じゃ誰も言わないギャグだったけどな。

「ゴンドさん。ユイちゃんの、娘の結婚相手に文句を言いたい気持ちはわかるけどさ、あんたはとっくに離婚して離れて暮らす父親だからね？」

「まだ結婚してない」

「うん、してないね」

禄朗が怪我をして仕事ができないので、ユイちゃんが押しかけ女房になって店を手伝うってことだけどまだ結納なんかもしてないね。でも結婚するんだよね。

「どうしたんだっけ禄朗は。アキレス腱《けん》切ったんだっけ？」

「違うよ、膝前十字《ひざぜんじゅうじ》靭帯損傷《じんたいそんしょう》。部分断裂もしていたって言ってたよ」

午後三時近く。遅い昼飯で他に客はいない。俺たちの話を聞いていた望が厨房から言ってきた。

「うわ、そこか」

そりゃ重傷だ。断裂なんて聞いただけで痛くなってくる。

「まともに歩けるようになるまで、二、三ヶ月は掛かるみたい」

「だろうな」

射撃とはいえ、俺も一応スポーツのコーチだ。その辺の勉強だってしてるからわかるよ。

「たいやき屋は立ち仕事だし、とにかく店内さえ歩けないんじゃ商売にならないからね。大変だよ」

「アンパイアも今季は無理だろうな」

野球命の男が、アンパイア生活を棒に振るのは辛いだろうな。

「だからってユイが家に住み込んで手伝う必要はないだろうに。その禄朗のやってるたいやき屋は実は〈花咲小路商店街〉を牛耳《ぎゅうじ》ってるって話じゃないか」

「いやいや」

刑事らしからぬ情報の錯綜《さくそう》を起こしてるよ。どうせ娘の恋人のことなんか聞けるか！　ってまともに聞いてないんだろう。

「禄朗の、宇部《うべ》さんところ。〈たいやき波平《なみへい》〉ね」

元々和菓子屋で、大福やおはぎやたいやきといったあんこをメインにした和菓子を製造販売していたんだ。

「今の〈たいやき波平〉になったのは、禄朗の親父さんが亡くなっちまってからだよ」

もう十何年も前になるかな。親父さんの一郎《いちろう》さんは奥さんの七子《ななこ》さんにあんこの作り方だけは伝えていたので、〈たいやき屋〉として再出発したんだ。その七子さんも、再開して間もなく一郎さんの後を追うように亡くなっちまったけどな。

「宇部家は近頃じゃ珍しい五人姉弟でさ。禄朗は長男だけど末っ子なんだ。姉たちはそれぞれ二葉《ふたば》に三香《みか》、四穂《しほ》に五月《さつき》。わかりやすいだろう？　一郎と七子の子供たちだから二から禄朗まで。で、単なる偶然なんだけど、四人の姉たちはそれぞれ商店街の店主たちと結婚したんだよ」

「最終的に宇部家が〈花咲小路商店街〉を乗っ取って裏ボスになったたって言われたんですよね」

「そうそう」

望が笑う。

「え、それは初めて聞いたが、それぞれの店ってどこなんだ」

ゴンドさんが訊《き》く。ようやく詳しく知る気になったかね。

「長女の二葉は〈すずき洋装店〉の友和《ともかず》さんとだな。次女の三香は〈佐東《さとう》薬局〉の圭一郎《けいいちろう》さん。三女の四穂は〈向田《むこうだ》商店〉の篤《あつし》で、あ、四穂と篤は俺の同級生だからゴンドさんの後輩でもあるよ。四女の五月は〈ゲームパンチ〉の宮下一磨《みやしたかずま》とだね」

ゴンドさんが少し眼を丸くする。

「本当に全員が店主と結婚したんだな」

「うちの商店街は、そうやって子供たち同士でカップルになっちゃう確率高いですよね」

望が笑う。本当だよな。調べればもう商店街全体が親戚になっちまうんじゃないかひょっとして。

「まぁそんなんでさ、禄朗は一人で〈たいやき波平〉をやっているんだよ。アンパイアをやるときには五月ちゃんが手伝いに来てるけどな」

「さっきも言ってたけどそのアンパイアって、禄朗は野球の審判をやってるのか」

それも知らないのか。本当に話を聞かないで、ただ禄朗が娘よりはるかに年上過ぎるってだけで怒ってるんだなゴンドさん。

「ゴンドさんも野球好きだろ」

「好きだよ」

ヤクルトファンだもんな。

「禄朗は、高校球児でさ、甲子園も行ったんだよ」

もう二十年も前の話だけどな。

「凄かったぜ禄朗。ポジションはキャッチャーで通算打率は二割七分」

「それのどこが凄いんだ。まぁまぁだけど普通だろ」

「そう思うだろ？　ところが禄朗は得点圏打率がなんと九割だった」

「マジか！」

野球好きならわかるよな。得点圏打率が九割ってのがどんだけ凄いことか。

「まさにクラッチヒッターだったよ。前の打者が塁に出ていれば、必ずと言っていいほどホームに帰したんだ」

「そいつは確かに凄ぇな」

スカウトに眼を付けられたけど、ドラフトに掛かるほどではなかったな。甲子園に行ったのも一回だけで、後は全然だったし。

「それでか。店を継いだ後も野球忘れられなくてアンパイアを始めたのか」

「そういうことになるのかな。でも草野球とかはやってないから、ひょっとしたらどこか痛めたとかあるのかもしれないないな」

「え、でも権藤《ごんどう》さん」

望が言う。

「禄朗さんのこと何も知らないみたいですけど、店を継ぐ前には警察官だったたって聞きましたよ」

「警察官？」

お、そうそう忘れてた。

「あいつは高校出て警察学校行ったんだよ。で、交番のお巡りさんやってたけど、そのときにお母さんが亡くなったんだよな」

「それで警察官を辞めて、店を継いだのか？」

そういうことになるんじゃないのかな。

「それ、うちの管内の警察官ってことか？」

「俺もその辺は知らないけど、会って話してみればいいじゃないか。離婚したとはいえ、ユイちゃんの父親なんだからさ」

将来の義理の息子だぜ。

禄朗、いい奴だよ。少々堅物で、人付き合いの悪いところはあるけどな。

〈ナイタート〉で淳ちゃん刑事とミケと花乃子さんとすばるちゃんが話す

花乃子《かのこ》さんが店に入れ替えの花を持ってきた。

「あら、すばるちゃん」

「こんにちは」

本当に花乃子さんって、名前そのままに花を持っているのが似合う。僕らは小さいときからその姿を見ているせいかもしれないけど。

「今日はお手伝い？」

「そう、こずえが風邪引いちゃって」

淳《じゅん》ちゃん刑事さんが今日は休日でミケさんと出かけるので、僕が店番。後で瑠夏《るか》も手伝いに来る。

「淳ちゃんもなんだか久しぶりに顔を見るわね」

淳ちゃん刑事さんが苦笑いした。

「本当に久しぶりの休みなんで」

連続強盗事件があってしかもそれが以前の殺人事件と関係していたとかで、淳ちゃん刑事さんはずっと家にも帰ってこられなかったって。それが一昨日になって犯人たちを逮捕できたって言ってた。

「きれいな花ですね」

「これはストックって花ね」

ストック。聞いたことはあるかも。

「すっごくきれいな白ですね」

そうね、って花乃子さんが微笑んで頷いた。

「ストックはとても色のバリエーションが豊富なのよ。紫や赤にピンクに黄色。それぞれのグラデーションみたいなものがあるから、知ってる人でもこれは何の花？　って驚くこともあるわね」

そうなのか。

「ちなみに花言葉は〈永遠の美〉とか〈求愛〉〈私を信じて〉とか〈愛の絆〉。もうこぼれんばかりの愛の言葉ばっかりね」

「すごいわー」

ミケさんが笑った。

「ストックの花束なんか貰っちゃったら、その愛の重さに眩暈《めまい》がしそうね」

「そうね。あ、でもこの間ストックの花束作ったわ。ほら、〈波平〉の禄朗さんの入院のときにユイちゃんに頼まれて」

わお、ってミケさんがまた笑う。

「ユイちゃんらしいわー」

「禄朗さんって退院したんだよね？」

「あ、さっきユイさんとタクシーで帰ってきて、偶然会いました。今日は定休なので明日から始めるって」

まだ松葉杖なしでは歩けないみたいだった。

「結婚式にはストックのブーケでも作ろうかしら」

花乃子さんが微笑んで言う。結婚か。

「禄朗さんとユイさんなんて、聞いたときには本当にびっくりしました。全然年齢が違うから」

「十四歳違うのよね」

「何よりも交際に至ったことに驚いたわ」

そうらしい。僕は知らなかったけど、禄朗さんは小さい頃から女嫌いで有名だったって。四人もの、しかも揃って気が強いお姉さんに囲まれて育ったからじゃないかって言われていたらしい。

「そういえば、禄朗さんって僕が小さい頃には警察官だったたって聞いたんですけど、淳ちゃん刑事さんと一緒だったんですか？」

訊いたら、いや、って淳ちゃん刑事さんがちょっと首を横に振った。

「僕も禄朗さんが警察官だったたっていうのは、つい最近知ったんだ。禄朗さんが辞めた後に、僕は警察官になったから」

　そうか、禄朗さんの方が何歳か年上だし、淳ちゃん刑事さんは中学からここにはいなかったから知らないのか。

　そう、って淳ちゃん刑事さんが頷く。

「最近知ったっていうのはね。伝説の警察官だったたって話なんだよ」

「伝説？」

「え、なぁにそれは。全然知らないけど」

　花乃子さんが少し眼を大きくさせた。

「内部事情だから誰も知らないと思う。禄朗さんは交番勤務を二年間しただけで辞めたんだけど、その間に一人でものすごい数の検挙をしたって話なんだ」

「検挙って、犯人を逮捕したってことね？」

　花乃子さんが訊いた。

「厳密には違いがありますけど、まぁそうです」

「ものすごい数って？」

　僕が言うと、淳ちゃん刑事さんはちょっとだけ眼を細めた。

「言いふらさないでほしいけど、二年で二百二十八件」

「二百二十八件って」

　ミケさんが真剣に驚いて、何かを考えるように上を向いた。

「単純計算で、三日に一件は犯人を捕まえていたってことになってしまうじゃない！」

「まぁそういうこと。その伝説の警察官が禄朗さんだって話なんだよ」

「それは淳ちゃん、全部泥棒とかってことなの」

「詳細は聞いていないけど、強盗や詐欺や痴漢、ありとあらゆるものがあったらしいね。なかったのは殺人犯ぐらいだったたって。とにかく禄朗さんは一人でそれだけの数の犯人を見つけているんだよ」

スゴイ。

「どうやってそんなに」

「全然わからない。本当にとんでもないことなんだ。たぶん日本の警察史上でもトップだろうね。あり得ないことだよ」

「禄朗さん、超能力でもあったのかしら」

「そうとしか思えないわね。知らなかったわー」

ミケさんと花乃子さんが言う。

後で父さんに訊いてみようかな。確か、禄朗さんも父さんの学校の生徒だったはずだから。

「でも、そんなに凄い警察官だったのに、辞めて〈たいやき波平〉を継いでたいやき焼いているのね」

ミケさんが言って、花乃子さんが頷いた。

「覚えてるわ。お母さんの七子さんが亡くなられてすぐに、禄朗さんは警察官を辞めて帰ってきたの。お姉さんたちは全員結婚して家を出ていたから、長男として店を継ぐために帰ってきたんだなって思っていたけど」

伝説になるような警察官だったのに、今はたいやきを焼いて、そして高校野球のアンパイアもやってる。

僕の高校の野球部の試合のときに、アンパイアをやってる禄朗さんを見たことがあるんだ。カッコよかった。背が高くて長髪で、そして声が凄く良くて通るんだ。「ストラーイク！」って叫ぶ度に観客が禄朗さんを思わず見てしまうぐらいに。

一　猫の名前はサークルチェンジ

禄朗さんが入院していた一週間、ずっとクロネコちゃん、って呼んでいた。禄朗さんの怪我の原因になって、そして禄朗さんに拾われて宇部家にやってきた子猫の黒猫。

一週間前のランニング中。土手を走っているときに突然草むらの中からこのクロネコちゃんが飛び出してきました。

そのとき、禄朗さんは二日前に降った雨の水たまりを跳び越えようと跳んだ瞬間で。足の着地地点に突然現れたクロネコちゃんを避けるために、禄朗さんは咄嗟《とっさ》に足を広げ無理な体勢で着地して倒れてしまって、それで最悪なことに膝前十字靱帯を損傷してしまった。

でも、そのお蔭で命拾いして、おまけに飼われる家まで見つかったクロネコちゃん。あちこち捜したけれどお母さん猫は見つからなかったし、迷子の子猫の情報もまるでなかったんです。

お医者さんはたぶん生まれてまだ半年も経っていないって。獣医のカンで、四ヶ月って。だからたぶん一月生まれのクロネコちゃん。

私も五月さんも、名前はどうするのか訊こう訊こうって思っていて、退院してきた今の今まで訊くのを忘れていました。

「ねぇ禄朗。猫の名前は？　ずっとクロネコちゃんって呼んでいたんだけど、断裂ちゃんとでもする？」

五月さんが笑って言うと、禄朗さんが言ってなかったか？　って表情を見せた。

「サークルチェンジ」

「なんて？」

「サークルチェンジ。まぁ長いから真ん中取ってクルチェで」

クルチェちゃん。

サークルチェンジという単語の意味がわからないけどカワイイ名前。どことなくクロネコと語感も似てる。

「どういう意味なんですか？」

「どうせ野球用語でしょ知らないけど」

そうだな、って禄朗さんが頷いた。

「かなりの野球好きじゃないと知らないかな。ピッチャーの投げ方、変化球のひとつだ。こうやって」

ボールを握ろうとしたけど五月さんがパッと手を禄朗さんに向けて広げた。

「あぁいいわよ説明しなくていいわよ。わかりました。クルチェちゃんね。カワイイからそれでオッケー」

クルチェちゃんは、今は籠《かご》の中で寝ている。

実家で犬のダンペイを飼っているから生き物には慣れているけど、猫と、こんな子猫と一緒にずっといるのは初めてで、とても新鮮だ。子猫ってこんなにも動き回ったり、そして突然パタンって寝ちゃったりするんですね。

一週間ずっと一緒にいてお店の仕事を教えてくれた五月さんが、子猫も子犬も人間の子供と同じよって。人間の子供も、幼稚園ぐらいまでは動くだけ動いて、電池が切れるみたいにパタッと寝ちゃったりするのよって。五月さんには子供がいないんだけれど、お姉さんたちのところにたくさん甥っ子と姪っ子がいるからわかるんだ。

「それで、禄朗」

「うん」

「ユイちゃんは完璧に仕事覚えたからね。あんたは仕込みや準備は何にもしなくていいからただそこに座ってたいやき焼くだけよ。下手に動き回って悪化させたらますます治りが悪くなるんだからね」

立っていられない禄朗さんのために特注した高めのスツールに座って、くるりと回って禄朗さんが頷いた。

「了解。でも仕込みで重いもの」

「平気。あんたユイちゃんがオリンピック選手だったたってことを忘れないようにね。射撃ったって全身鍛えていて鋼の身体なんだから。腕相撲したって、あんたと対を張るわよきっと」

それは言い過ぎのような気がしますけれど。

「本当に大丈夫です」

全然平気です。重い鍋だって何でも平気で持った。そもそもいつも一緒に走っていたときだって、まぁ若いせいもあるのだろうけれど、体力は私の方があったんですから。

〈たいやき波平〉は人気店。平日はさすがにないけれど、土日や休日には店の前にお客様が並ぶぐらいに人気があるんだ。ずっと休みにするわけにはいかない。

禄朗さんが、静かに頷いて私を見る。

「本当にすまないなユイちゃん。よろしく頼む」

「任せておいてください」

ずっとここに通っていたんだから、店のことは隅々までわかっていたし、この一週間で仕事も全部五月さんに仕込んでもらった。

自分で言うのもなんですけれど、私は器用です。一度覚えさえすれば、何でもこなせる自信はあります。

「今日は一日ゆっくりして様子見なさいよ。お風呂とか入れるかどうかもちゃんとチェックして。ダメならうちの旦那と一緒に銭湯よ」

「わかってる」

「じゃあまぁ後は若い人同士でってことで。ユイちゃん本当によろしくね。何かあったらいつでも呼んで」

五月さんの家、〈ゲームパンチ〉さんは〈花咲小路商店街〉の裏側。〈たいやき波平〉とは同じ中通りの角だから走ったら三十秒も掛からない。

それを言ったら、お姉さんたちの家、〈すずき洋装店〉も〈佐東薬局〉も〈向田商店〉もどこでも走れば一分で着いてしまうんですけれど、子供がいなくて、そしてお店にたくさん従業員がいるから店に出なくてもいいのは五月さんだけ。

〈たいやき波平〉は宇部家の玄関が店舗です。

店そのものは六畳ぐらいの広さしかなくて、たいやきを焼いている目の前に四人ぐらい座れる小さなカウンターと、二畳ほどの小上がりに座卓がひとつ。そこで日本茶を飲みながらたいやきを食べることができる。

たいやきの他のメニューは、春と夏は〈あんみつ〉、秋と冬は田舎汁粉の〈ぜんざい〉。〈あんみつ〉は本当に春夏だけだけど〈ぜんざい〉は通年出せる。けれど、中に入るお餅は、白玉団子に変わったりする。

店の中で食べていくのは、近所の人が多いみたいです。一尾税込み百五十円と安いので、子供たちだけでやってくることもあるし、そのまま子供たちはここで宿題とかやっていくこともあるって言っていました。

店の奥の家は、これが狭い店内からは想像できないぐらいに奥まって広いんです。

大体、この〈花咲小路商店街〉の中通りにあるお店は、奥に細長いお店や家が多い。それは、その昔の江戸《えど》時代の土地割りがそのまま残っているせいなんだって聞きました。

宇部家も店の奥はすぐ居間になっていてその隣に台所にさらにお風呂にトイレ。居間の奥には部屋が二つあって、二階には小さく分けられた部屋が五つ。だから五人姉弟でも平気だったんだと思います。

禄朗さんが松葉杖を突きながら居間に戻ろうとする。

「自分で行けないと困るから手伝わなくていいよ」

練習練習って禄朗さんが言って、器用に片足しか使わないで店から居間に戻って、奥に歩いていく。元々運動神経がいいから平気だろうけれど、良過ぎて今回の怪我をしたんじゃないかと思うところも。

「家が広いから、禄朗さん一人じゃ淋《さび》しかったですか」

「淋しいとは思わなかったけれど。帰ってきたときには、それこそそのうちに猫や犬を飼おうかって思っていたんだけどね。そのままになっていたけど、とんでもない形でクルチェが来た」

猫用じゃなくて、竹でできた籠の中で眠っているクルチェ。きっとこれちょうどいいわよって五月さんが置いたものなんだけど、本当にちょうどよかったみたい。

「サークルチェンジってどんなボールですか？」

あぁ、って言いながらそこにあった野球のボールを手に取る。本当にこの家にはあちこちに野球の道具が置いてあるんだ。

初めてお店に来たときに不思議に思いました。

禄朗さんはもちろん野球大好きだけれど、草野球とかを今もしているわけじゃないです。やっているのは、アンパイアだけ。アンパイアにはバットもボールもミットも必要ないんだけれども、ここにはひとチーム分ぐらいの野球道具があるから。

「チェンジアップの一種なんだけどね。人差し指と親指でこうやってサークルを作って、中指と小指と手のひらでボールを握って投げる変化球だ。日本で投げている人は少ないんだよね」

右手でボールを持ったけれど、捕手には珍しいことに、本当は左利きの禄朗さん。その左の肩を怪我したらしい。それは高校二年生のとき。その怪我は粉砕骨折手前みたいな大怪我で、二度と左腕でボールを投げることができなくなった。ボールどころか、さよならと左腕を上げることさえ難しい。不幸中の幸いというか、夏の甲子園で初戦敗退した後のことだった。

だから、野球はもうできない。

その代わりに、アンパイアをやっている。アンパイアがピッチャーにボールを投げることがあるけれども、それだけはできるように右腕で投げる練習をした。

本当に野球が大好きで、野球に関われるような仕事に就きたかったんだろうけど、何故か高校を出て警察学校に入って、警察官になった。それも、二年間で辞めてしまって、お母さんが亡くなった後の〈たいやき波平〉を継ぐために戻ってきた。

どうして野球関係の仕事に就かなかったのか、何故警察官になったのか、そしてどうして二年間で辞めてしまったのか。まだ訊いたことはない。

禄朗さんと知り合ってからはもう十年以上経つけれど、お付き合いを始めて半年も経っていません。禄朗さんについて知らないことは、まだたくさんあるんだ。

「さっき、病院に迎えに行くときに、稲垣《いながき》さんが店の前を通ったんです。後から退院祝いを持ってくるって言ってました」

「稲垣が？」

稲垣さん。花乃子さんと結婚して、〈花の店にらやま〉を一緒にやっている禄朗さんの同級生。

「そんなのいいのにどうしたんだ」

「なんか、九州《きゆうしゆう》にいる知り合いから美味しいものをたくさん貰ったので、日本酒と一緒に持ってくるって。後で電話するって言ってましたよ」

「へぇ」

「稲垣さんって、同級生なのに〈宇部さん〉ってさん付けですよね」

いつもどうしてだろうって思っていた。あぁ、って禄朗さんが言って、少し何かを考えた。

「あのね、ユイちゃん」

「はい」

禄朗さんが、居間の真ん中にある丸い大きなちゃぶ台のところに足を伸ばして座ったので、私も正面に座った。

このレトロ感あふれるちゃぶ台は、禄朗さんのお祖父さん、波平さんの時代からあるんだって。五人姉弟はここに丸くなって座ってご飯を食べていたんだって聞いた。

「俺たちは、結婚の約束もした」

「はい」

「でもまだ君に話していないことが、たくさんあるんだ」

「たくさん」

そう、って禄朗さんが頷く。

「稲垣とのこともそう。確かに高校の同級生なんだけど、俺は年はひとつ上なんだ。だからあいつはいまだにさん付けで呼んでくる」

ひとつ上？

「俺は高校一年を二回やってるんだ。ダブった。留年だね」

あ、そうだったんだ。それは本当に知りませんでした。

「で、どうしてダブったのかも知らなきゃ、ずっと疑問符が浮かぶだろうから話しておくけれど」

一度、言葉を切って考えた。

「その話は誰も知らないことに繋がる話になる。友達はもちろん、親兄弟も。この世で誰一人知らない俺に関する話。それを話しておかないと、きっと君と結婚はできないと思う。だから、ここで話しておく。話そうとは思っていたけれども、どうしてこのタイミングでかというと、それは何故留年したかという話から繋がるものなんだ」

禄朗さんは、生真面目なせいなのか、きちんとしようとしてときどき話が回りくどくなる傾向があります。

「留年は、それ自体はよくある話ですからその理由まで聞かなくてもいいですけれど、きちんと理由を説明するためには、その、誰にも話していない禄朗さんの秘密みたいなものを言わなきゃならないいってことですか？」

「そういうこと。まぁ秘密というほど大げさじゃないんだけど、確かに今まで誰にも言わなかった、秘密にしていたことだ」

生きていきゃ誰にだって秘密にしておきたいことのひとつや二つはできる、って教えてくれたのは仁太《じんた》さんだった。私のコーチだった仁太さん。

私にも、ある。でもそれは特に言わなくてもいいことだから、たとえ禄朗さんにでも言わない。

「言いたくなければ、言わなくてもいいですけれど」

「いや」

きっぱりと言います。

「話さなきゃならないことなんだ。もしも誰かと付き合うときには、結婚なんて考えたときには、話そうと思っていた。ひょっとしたらそれを告げることで、付き合いも結婚もできなくなるかもしれないようなことだから」

そんなに。

重大な秘密が？

「長くなる。まず留年の理由から話すと、高校一年のときだ。野球の県大会の決勝戦でさ。そこを勝てば代表として甲子園に行けるっていう試合だった」

禄朗さんが甲子園に行ったのは二年生のとき。

「その試合は負けた。九回裏で相手校の攻撃。点差は一点差で俺たちが勝っていた。ツーアウトまでこぎつけたけれど、ピッチャーが崩れだしてなんだかんだで満塁になってしまった」

九回裏ツーアウト満塁。

どっちを応援していても、手に汗握る展開。

「禄朗さんはレギュラーでキャッチャーだったんですね？」

そう、って頷いた。一年生からキャッチャーでレギュラーって凄い。

「必死でリードしたけれども、スリーボール・ツーストライクになってしまった。でも、あと一球で勝てる、ひとつのストライクで勝てるっていうところまで来たんだ。そして最後の渾身の球をバッターは見逃した。確かに際どいコースだったが、でも、ストライクだった。間違いなくストライク。この眼で見てこの手で取ったんだから本当に間違いない。それまでにも何度もこのコースで球審はストライクを告げていた。でも、そのときは一瞬迷った後に、ボールとコールしたんだ」

フォアボール。押し出しの一点。

それで同点になったんだ。

「試合は、負けた。ピッチャーは耐え切れなかった。サヨナラ負けだ。その試合の後に、おれはアンパイアを殴ったんだ」

殴った？

「それで、俺は処分された。留年。一年ダブって、次の年に新入生で入ってきた稲垣と同じクラスになったんだよ」

殴った。

禄朗さんが、球審、アンパイアを。

確かに真面目で堅物とまで言われている人だけど、決して暴力的なことをする人じゃないのに。

「理由があるんですね？　ストライクだったのにボールと言われて、負けて悔しくて殴ったっていう単純なことじゃないんですね？」

ゆっくりと、禄朗さんは頷いた。

「アンパイアは、嘘をついた」

「嘘」

「ストライクとわかっていたのに、そう判断したのにボールと告げた。どうして嘘をついたのかは今となってはわからない」

嘘をついた。

アンパイアが。

「俺は、人がその言葉に込めた嘘がわかるんだ。物心ついたときから、ずっとだ」

二　弟の名前は禄朗

お店の正面入口の自動ドアが開くと身体全体にぶつかってくる音の洪水。

いろんな音楽に電子音。

さりげなく入っていって、店内の様子を見る。

平日木曜の午後の店内は、ガラガラだけれどもお客様がいないわけじゃない。三割の入りかな。まぁまぁね。それぐらい入っていれば平日の午後はオッケー。これから夕方になっていって、倍の六割の入りになっていれば大満足。五割でもいい。

全体的には薄暗いのだけれども、筐体《きょうたい》からの明かりで店の隅々までハッキリと視認できるぐらいの照明。うるさいんだけれども、すぐに慣れて騒音と感じさせなくなる程度の音の洪水。そして何よりも清潔感。

どんな筐体も機器も光るところは光らせる。マットなところは埃《ほこり》ひとつ見えないほどに。丁寧に毎日ではなく毎時間お客様の邪魔にならないように清掃をしていく。うちのお店で働く子たちの主な仕事は掃除と言ってもいいぐらいに。

死んだ父さんもよく言っていた。どんなに古ぼけた店だろうと、きれいにしていればそこには良い客が集まってくるんだって。それって割れ窓理論と同じだよね。

そして私もそう思う。お店はきれいであるべき。きれいでなくてはお客は呼べない。まぁ自分の部屋とかはともかくね。

（よしよし）

今日も薄暗くてうるさくてそしてきれいだ。

毎日表から入ってくる度に自分の体感として感じるのは重要。〈ゲームパンチ〉は誰でも楽しめる健全なゲームエンターテインメントの場。

天井高のある二階建てのビルの古さは否めないけれども、それはもうゲームセンター黎明期《れいめい》からある老舗《しにせ》の風格ってもの。当分お色直しや修繕は考えていない。まぁそれほどの余裕があるわけじゃないしね。

奥の鉄扉を開けて事務所へ。

「ただいまー」

「お帰りー」

パソコンに向かったまま言ってから、クルッと椅子を回してこっちを見る坊主頭の形が本当にきれいな旦那様。一磨くん。

「どうだった禄朗くん。何事もなく生活していけそう？」

「全然平気よ。歩くのに苦労するだけで。お風呂もたぶん家で一人で大丈夫じゃないかな」

ダメだったら言ってくるだろうし。

「一応、後でこっちから電話してみるかな。僕も久しぶりに銭湯入ってみたいし」

「そうね。お願い」

あの子は遠慮するような柄じゃないけど、とにかく人と関わろうとしないから。自分からお風呂一緒にお願いしますなんて言ってこないだろうし。義兄である姉の旦那たちにだってろくに話もしようとしないしね。

「原稿、上がった？」

「もうちょっと。何とか間に合う」

「良かった」

花咲小路商店街二丁目の〈ゲームパンチ〉二代目社長宮下一磨の裏の顔は、ラノベ作家宮野《みやの》磨光司《まろこうじ》ってのを知ってる人は少ない。公表もしていないしね。私だって、結婚してほしいってプロポーズされてから初めて知ったし。

そもそもそんなに売れてもいないからね。小さなゲーセンを舞台にした『異邦《いほう》のゲーム騎士《きし》ども』が八年続くシリーズになっているけれども、続いているのは、それだけ。後は、まぁちょこちょこと。

でも、本業のゲーセンの赤字を埋めることにはなっているんだから、大したものだって思うのだけれど。そして、いつここを閉めても、夫婦二人の暮らしぐらいは何とかなるんだけれど。

今の時代、大手以外のゲーセンに未来はほとんどないと言っていい。そして実際に赤字しか出ない小さな地方都市のゲームセンター。商売ってほそぼそとやっていける業種も確かにあるけれど、うちのたいやきみたいにね。でも、ゲーセンでほそぼそというのは、もう絶対に無理筋なもの。

それでも閉めないで頑張っているのは、ここにやってくるお客さんがまだたくさんいるのと、うちを頼りに働く従業員たちがいるから。

それでも後何年やっていけるかなぁ、って感じなんだけど。

私の仕事は、経理。これでも専門学校を出て実家の方もずっとやってきた。

「そういえば、前から訊こうと思ってたんだけどさ」

「なに？」

「禄朗くんってさ、名前、どうして数字の六じゃないの？　お姉さんたちは皆数字なのに」

あぁ、それね。

大体皆訊いてくるんだけれど、知らなかったのね。そして結婚して七年になるのに今ごろ訊いてきたのね。

「全然大層な理由じゃないのよね。ほら、女の子ばかり四人でしょう」

「うん」

宇部家の四姉妹。一葉に三香に四穂に私は五月。

「五人も産んで、ようやく生まれた男の子なわけよ。古い考え方だけど跡取りなわけよね禄朗は」

「そうだね」

宇部家待望の長男。

「しっかり稼いで宇部家を繁栄させて皆を幸せにするようにってね。禄朗の禄って、ほら禄高の禄でしょう」

一磨くんが、あぁ、って膝を打った。

「給料のことね。俸禄《ほうろく》の」

「そうそう。お米よ。そして幸せって意味もあるんだって。なので、禄朗」

なるほどね、って頷く。

「お義父さんたちはそこはしっかり考えたんだね」

「そうなのよ。娘たちは順番でいいかって適当にしてね」

私なんか五月よ。メイよ。トトロかって言いたくなるわよね。旦那さんはカンタって人を捜そうかと思ったわよ。中学校の同級生に登呂《とろ》さんっていたから、ちょっと考えたわよ。

「それで、ユイちゃんはさ」

「うん？」

「もうこのまま宇部家にずっといれば話が早いんじゃないの？　実家がもうなくなったんだし。結婚式しちゃって、籍もすぐに入れちゃえばそれでいいんじゃないの」

「そうなんだけどね」

それぞれの人生における何らかのタイミングって、あるものなのよね誰の人生にも。

ユイちゃんと禄朗が結婚の約束をした。まぁそれ自体が私たちにとってもものすごい驚きだったんだけど。

そうしたら、なんとその約束をしたタイミングで、あの刑事の権藤さんと離婚してからずっとユイちゃんを女手ひとつで育ててきたお母さんまでもが、実は再婚することにしたって。

それはまぁ母子ダブルでとんでもなく目出度《めでた》いことよね。一人娘のユイちゃんも、母親の新たな人生を祝福するわよね。

でも、お母さんは結婚するんだからそれまで住んでいたアパートを出て旦那さんの家へ入ることになる。

そうなると、お母さんとずっと二人で住んでいたユイちゃんは、まさか成人後に継父と一緒に住むのもなんだしと、それを機に一人暮らしを始めようと思って準備していた。

その矢先に、禄朗の怪我。

そりゃもうユイちゃんは来るわよねうちに。手伝いに。住み込みで。

そしてお母さんはつい三日前に新しい旦那さんの家に移った。そこにはいつでもユイちゃんが来られるようにって部屋も一応は用意してあるらしいけれども。

「もうすぐ二十四にもなるのに、継父と一緒に住むのもねぇ。かといって禄朗の怪我が治ったからって新しく部屋を探すのもムダになるわよね」

「そうだよね」

そして今更継父の名字に変わるのも、どうかってものよね。変わるならさっさと宇部ユイになりたいわよね。

「それなので、お母さんはまだ籍を入れてないんですってね。ユイちゃんが宇部家に入り次第、向こうも籍を入れるって話にはなっているらしいけれど」

「じゃあもう尚更、さっさと結婚しちゃえばいいんじゃないのかね」

「まぁ、それもタイミングよね」

このまま結婚しちゃうと、なんだかドタバタのどさくさ紛れに結婚しちゃうみたいになっちゃうのは確かだからね。

「落ち着いたらって話なんだけど」

それもそんなに先ではないでしょう。二ヶ月もすれば禄朗もまともに歩けるようになるって話だし。

「そうなると、アンパイアの仕事がない今季のうちに結婚式を挙げちゃおうってことになるわよ」

「そうだね」

たぶん宇部家で最大のミステリーとして今後子々孫々と語り継がれるであろう、禄朗の結婚。何故、ユイちゃんは禄朗と。そして何故禄朗も結婚しようと思ったのか。

まぁお互いに惚れたってことなんだろうけどさ。

「あ、今日のおやつ、うちのでいいでしょ。たいやき」

「いいけど、今日は休みでしょ?」

「禄朗が椅子に座ったまま焼くテストをするのよ。それを貰ってくるからタダよ」

「いいね」

毎日、従業員とバイトの子にあげる三時のおやつ。お義父さんの時代からの習慣なのよねうちね。その昔はお昼ご飯も晩ご飯もまかないとして、近所の店から出前自由ってしていたらしいけれど、それはさすがに無理。

でも、おやつだけはね。ずっと続けてる。いいわよね、毎日おやつが出る職場って。私だったら、そこでずっと働きたくなる。

今日のシフト確認。

営業は午前十時から午後十一時までなので、早番と遅番に分かれている。早番は午前九時から午後五時まで。遅番は午後四時から午前零時まで。

「真紀《まき》さん、今日から復帰ね」

「そう」

禄朗じゃないけれど、十日ほど前にママチャリで転んでしまって足を捻って歩けなくて、しばらく休んでいた野々宮《ののみや》真紀さん。一緒に乗っていた優紀《ゆうき》くんに怪我がなくて本当に良かったけれど。

「真紀さんの分のおやつはちゃんと取っといてね。優紀くんの分も」

了解、って一磨くんが微笑む。

子供も抱えて一人で家計を支えている野々宮真紀さん。

まだ三十代の若さだから昼も夜も働いて大丈夫なんだろうけれど、この先どうなっていくのかなってずっと心配してる。

もしもうちを閉めることになったときに、まだ真紀さんがうちで働いていたら、再就職先をお姉《ねえ》たちの店のどこかにできないかなって思ってるぐらい。

でもねー。どこも小さい店だし新しい従業員を雇う余裕なんてないだろうしね。〈たいやき波平〉はどうかと思ったけど、ユイちゃんがお嫁に来ちゃうからね。あそこは二人いたらもう充分で、それ以上の店員なんか雇えないし。

「じゃ、ちょっと行ってくるかな」

壁の丸時計を見て、一磨くんが言う。二時半か。

「うん、よろしく」

毎日おやつを買いに行くのは、一磨くんの仕事。そういうのがないと、本当に一日中座りっ放しになってしまうから。

ウォーキング四十分を兼ねて、買い出し。

「あ、禄朗に言っておいて。保育園へのたいやき差し入れは明日で、今回は二十個だよって」

「了解」

三　言葉に込めた嘘とは何なのか

言葉に込めた嘘が、わかる？

こんなことで冗談みたいなことを言う人じゃないです。本当のことを、話しているんです。

アンパイアが『ボール！』と告げた。でも、禄朗さんの判断では間違いなくストライクだった。

私も野球が大好きだからわかるけれども、際どいコースでストライクかボールか人によって判断が分かれることもある。アンパイアのその判定に不服や文句を言ってはいけないんだけれど。

でもそうじゃない。

「その球審さんは〈ボール〉と判断してコールしたんじゃなくて、〈ストライク〉と判断したのに『ボール！』と嘘を言った、ってことが、そのコールした『ボール！』っていう言葉だけでわかったということですか？」

うん、って禄朗さんが頷きます。

「その通り。キャッチャーはアンパイアに背を向けているしマスクもしてるから態度や表情はまったく関係ない。その〈言葉〉だけで嘘がわかるんだ。わかりやすくするために、やってみよう」

やってみるって。

「あ、でも禄朗さん。そろそろ試し焼きしないと。三時になっちゃいます。一磨さんがきっと取りに来ます」

禄朗さんが時計を見ます。

「そうだった。十五個ぐらいでいいかな」

「いいと思います」

〈ゲームパンチ〉さんの皆さんが食べるおやつ。ここのたいやきももちろん定番になっていて、一週間に一回はたいやきなんだそうです。

「よし」

ゆっくりと、禄朗さんが立ち上がります。

「材料だけ、頼む」

「はい」

ほとんど片足で歩いて、店の前へ。〈たいやき波平〉のたいやきは、俗に言う〈天然物〉。一匹ずつの金型に取っ手がついていて、一匹ずつ焼き上げていくもの。でも、天然物という言い方なんかはほとんどしていなくて、昔は一丁焼きとか言っていたそうです。呼び方は何でもいいし、まとめて焼いても美味しいものは美味しいんですけどね。

禄朗さんが横に長いガス台の前のスツールに座って、ガスに火を点けます。

「本当にちょうどいい高さだな」

「ですよね」

しっかり測って、禄朗さんの高さに合わせたもの。きっと他の人が座ったら足がプラプラ浮いてしまう。

「はい、粉です」

小麦粉を混ぜたもの。ここの皮の配合はもちろん秘密。皮が本当に美味しいんです。パリパリとふわふわともちもちの中間ぐらい。どう表現していいかわからない絶妙な歯応えと味。配合と混ぜ方をしっかり教えてもらったけれど、絶対に誰にも言っちゃダメと念を押されています。

「サンキュ」

一匹ずつ焼くから、粘度もすごく大切。混ぜ方が大事なんです。

「うん、いいね」

禄朗さんが頷きます。餡も、先に準備していたものを冷蔵庫から出します。これも、実は少し冷えているものを使った方が、出来上がりの見栄えがいいそうです。その辺は言われてもちょっとわからなかったんですけど。

「よし、いいね。全然平気だ。このまま何十個でも焼ける」

「良かった」

これで、禄朗さんの足が治るまで、私がいれば店は普通にやっていけます。

「全部焼こう。〈ゲームパンチ〉に十五個?」

「そうです」

「食べる?」

「いただきます」

私のおやつも。

「じゃあ追加で四個。俺も食べよう。入院中、食べられなかった」

本当に私は、ここのたいやきが大好き。初めて食べたのはまだ中学生の頃だったけれど、衝撃的と言ってもいいぐらいの美味しさで、毎日でも食べたいと思ってしまって、それは今でも。

禄朗さんが、七つ並べられるガス台にたいやき器を七台並べます。

そして、少し考えてから、私を見ました。

「さっきの話の続きだけれども」

「はい」

言葉に込めた嘘がわかる、とはどういうことなのか。

「たとえば、俺が知ってるユイちゃんの同級生はモンちゃんだけだと思うんだが」

モンちゃん。

そうですね。小学校から短大までずっと一緒だったモンちゃん、門馬《もんま》紗英《さえ》ちゃん。本当に気が合う親友。

実は私が禄朗さんに逆プロポーズしたんだということを知ってるのも、今のところモンちゃんだけ。あ、お母さんにも後から教えたけれど。

「確かにモンちゃんだけですね」

他にも〈たいやき波平〉にたいやきを買いに来ている私の同級生は何人もいるだろうけれど、私から直接紹介した人は誰もいないです。

「誰か他の同級生の名前を何人か言ってもらえるか。小中高短大のどこからでも、何人でもいい。その中に一人だけ、まったく関係ない人の名前を交ぜてみてほしい」

「一人だけ、同級生じゃない人の名前を交ぜるんですね？　上級生とか、親戚のおばさんなんかでもいいんですか？」

「俺がその人を知らなければ、誰でもいいよ。同級生じゃなければね。適当に考えた名前でもいい。そして俺は後ろを向いているから。君の表情や態度が見えないようにね」

それで、当てられるんですね。

禄朗さんが、くるっと身体を回転させて後ろを向きます。たいやき器をひっくり返すタイミングは、もう見ないでもわかっています。

「じゃあ、えーと」

誰にしようかな。同級生の子たち。

「言います。中川恵美《なかがわえみ》、新田公美子《にったくみこ》、田中幸太朗《たなかこうたろう》、阿部菜名絵《あべななえ》、板川《いたかわ》すず、篠崎真由《しのざきまゆ》」

六人。

一人だけ男性を交ぜてみたけれども。禄朗さんが、すぐにまたくるっと回転させてこっちを向きます。

「新田公美子さんが、嘘だ。ユイちゃんの同級生ではない。誰なのかはまったくわからないけれども」

びっくりです。

「当たっています。新田公美子さんは、小学六年のときの担任の先生の名前です」

「先生だったのか」

もちろん、そんなことは禄朗さんは知りません。知らないはずです。調べればわかるでしょうけれど調べているはずもないです。

禄朗さんは、小さく頷きます。

「はい、焼き上がり」

「はい」

横のバットに一匹ずつ置かれるたいやきを、包み紙の上に置いていきます。すぐに包むと湿《し》気《け》ってしまうので、少し置いてから。

禄朗さんはたいやき器に残ったものを掃除して、またガス台の上に並べていきます。

「これで十四個ね」

「そうです」

後は、もう一個と自分たちの分の四個。

「言葉に込めた嘘がわかるというのは、こういうことなんだ。さっき、ユイちゃんは同級生の名前、と思いながら何人か言った。でも、新田公美子さんだけは、自分で同級生というのは嘘だとわかりながら言った」

そうか。言葉に込めた嘘、って。

「同級生というのは嘘で違うんだ、という私の思いを、禄朗さんはその名前からすぐに感じ取ったということなんですね」

「そういうことになるんだ」

スゴイ。

どうしてそんなことがわかるんでしょう。

「どうして感じ取れるのかを知りたいだろうけど」

七台を順にひっくり返します。

「どうしてですか」

「まったく俺にも説明できない。あえて言うなら〈直感〉としか言い様がない。ピンとくる、ってやつだね。ただ、わかってしまうだけなんだ。これもそうだろう？　うちのたいやきの焼き加減はここだ、っていう直感でしかない」

直感。

直感は外れないと言います。

外れるならそれはただのヤマカンだと何かの本で読みました。そして禄朗さんの焼き加減は、本当にいつどんなときでも、全部同じです。

「あるいは第六感とか、でしょうか。霊感とか」

「霊感はちょっと困るし、たぶんそれではないと思う」

そうでした。お化けとか幽霊とか妖怪とか、その手の類《たぐ》いの物は本当に苦手ですよね禄朗さん。ホラー映画とかもゼッタイに観ませんでしたよね。

「物心ついたときからって言いましたね」

そう、って頷きます。

「正確には〈嘘〉というものを、きちんと理解できるようになった幼稚園ぐらいからかな。まだよくわかっていない幼い頃にはそれでよく友達とケンカしたこともあった」

「普段の会話の中で、嘘をついたのがわかったから？」

「そう、なんで嘘をつくんだよー、ってね」

子供同士のそういうケンカなら、まだカワイイもので済んでしまうけれども、大人になってからのものは。

「はい、焼き上がり」

バットに次の七個。

「今のは、説明するために俺が質問して答えてもらったけれど、たとえば、ユイちゃんが普段の会話の中で、『私の同級生に新田公美子さんっていう人がいるんですけれど』と、話したのなら、俺は〈同級生〉という言葉に嘘があるとわかってしまう。そこまではいいね？」

「はい」

「でも、どんな嘘かまではわからないんだ。〈新田公美子さん〉が〈同級生〉ではないのはわかってもじゃあどんな関係なのかはわからない。そして何故そんな嘘をつくのかは、その場で自然にわかることはほとんどない。訊いたり調べたりしなければね」

そうか。

「じゃあ、同じような表現でも、『私の知り合いに新田公美子さんっていう人がいるんですけれど』なら嘘とは感じないんですね？〈同級生〉じゃなくて〈知り合い〉なら本当のことですから」

「その通り。〈知り合い〉なのは事実で、まったく嘘はついていないから」

そうか。

「禄朗さん。警察官だったときのことを、前に少し聞きましたけれど、ひょっとして犯人をたくさん捕まえたというのも」

ゆっくり頷きました。

「たとえば、株関係をやっている男に『何をやっているんです？』と訊くと『金融関係です』と答えた。その言葉に嘘はなかった。けれどもそのすぐ後に『金融関係の仕事をしています』と続けて言ったんだ。その〈仕事〉という言葉が嘘だと俺はわかった」

〈仕事〉が、嘘。仕事じゃないってこと。

「その男は株関係で詐欺をやっていたんだ。だから金融関係のことをやっているけれど、〈仕事〉ではないと自分でも思っていたんだな。でも、その段階では『何故仕事のところで嘘をついたのか？』の理由はわからないんだ。だから調べるしかなかった」

「それで、調べて、事件になって」

「逮捕する。その繰り返しで、俺はたぶんとんでもない数の犯人を捕まえた」

うん、と、頷きながら禄朗さんは少し息を吐きました。

「本当に、初めてこれを人に話した」

「お姉さんたちも？」

「知らない」

話したのは、私が初めて。

「もしも誰かを好きになったのなら、一緒にいたいと思うような人ができたのならきちんと話そうと思っていたんだ。でも、今まで一人もそんな人は現れなかった」

禄朗さんは、人付き合いが悪いと言われています。商店街に生まれて育ったけれど、たまだけれども同級生もいないし、年齢が近い友人も少ない。

そして、女性とお付き合いしたことも一度もないとお姉さんたちも言っていました。私と付き合い始めたときには、本当にびっくりして。そして大喜びしたんだって。

「ひょっとして、禄朗さん。誰とも付き合ったことがなかったというのは、嘘をついているのがわかってしまうからですか？」

ゆっくり、頷きます。

「人は、誰でも嘘をつく。騙すような悪い嘘じゃなくても、事実を隠したり言わないでいることも〈嘘〉になってしまう。誰かと何気ない会話をしていても、その中に嘘を感じてしまう言葉が出てくる」

考えてみてくれ、と、禄朗さんは続けました。

「楽しく話していても、その中に嘘がこもった言葉が出てきたら、何個もあったら、どう思う？」

「気になります。どうしてそんなに嘘をつくんだろう、と」

うん、と、禄朗さんは力なく頷きます。

「悪気はなくとも、こっちが気になってしまう。変に疑ってしまったり、自分のことを信用してないのかとか、友達なのにどうしてとか、思いが全部悪い方へ向かってしまう。かといって、本当のことを調べたりしたら、その人との関係が悪化してしまったりする」

溜息を、つきます。

「誰とも会話したくなくなる。たとえ、親姉弟だったとしても」

それで、禄朗さんは人付き合いが悪いとか、堅物だとか、仲の良い友人はいないとか。そんなふうに。

「ユイちゃん」

「はい」

「そんな俺の人生の中で、君は唯一の、言葉にまったく嘘がない女の子なんだ」

私が？

「自分では気づいていないだろうけど。もう知り合って何年になるだろう。ユイちゃんがまだ中学生の頃からだから、十年？」

「そうです」

「その間に、たくさん話をした」

しました。主に私が一方的にしゃべっていると思いますけど。

「その中に、嘘の言葉が入っていたことは、一度もないんだよ。そんな人は、本当にユイちゃんだけだった」

私だけ。

「男ではいるけれどね。稲垣なんかもその一人だよ」

稲垣さんも。

「それで、稲垣さんとは仲が良いんですか」

確かに、稲垣さんはとても正直そうな人。

「俺は、いろんな人の、嘘を知ってしまっている」

表情を曇らせて、禄朗さんが言います。

「いろんな人」

「死んじまった親父やおふくろ、姉貴たち、学校の友人たち、商店街の人たち、その他会話をした人たち」

そうか。

わかってしまうから。

「どんな嘘なのかは、わからないし、わからなくていいんだそんなものは。調べたくもない。ただ、会話をする度にその嘘が溜まっていってしまう。だから、なるべく人と話はしたくない。しないでいいなら、ずっとそのままで」

普段の暮らしの中で、ずっと一緒にいる人たちが嘘をついているとわかってしまって、それを確かめることもしないで、できないで、ずっといる。

禄朗さんの人付き合いが悪いのも、友人を作らないのも、無口とか、堅物って言われるのも、そのせいだった。

悲しくなってしまう。

どうしてそんなことがわかってしまうんだろう。

「むしろ、それを楽しめたのなら良かったのになって思うよ。それならずっと警察官のままでいて、悪い嘘をついている奴らをどんどん逮捕できたのに」

そうなんだろうか。

「でも、そんなのを楽しめない人で良かったと思います」

禄朗さんは、力なく頷きました。

「そうだな。そう思う。実家がたいやき屋で良かったと思うよ。警察官辞めても食っていけるし、たいやき焼いていれば、誰とも話さなくてもいいし」

それは確かにそうですね。

「ただね」

「はい」

少し、悲しそうな、辛そうな表情を見せます。

「どうしたって、人と会話することがある。その中に嘘の言葉が入っていることがある。気にしないように、忘れるようにはしているんだけど、どうしても忘れられない、気になることも、あるんだ」

「そう、ですよね」

たいやき焼いていたって、話しかけてくるお客さんだっているし、ここに遊びにやってくる禄朗さんの知り合いだっています。

「一人、いるんだ。忘れようとしても忘れられない女性が」

「え」

「いやいや、そういう意味じゃないよ。その嘘が、って意味」

びっくりしました。

「どんな嘘なんですか」

眼を細めました。

「さっきの話じゃないけれども、名前なんだ」

「名前」

「その人は、嘘の名前を名乗っているんだ」

嘘の名前？

「偽名を使っているってことですか？」

「わからないんだ。確実なのは、皆が知ってるその人の名前は、自分の名前ではないってことだけ。たぶん、ユイちゃんも知ってる人」

私も。

四　義弟の禄朗くんはアンパイア

雨の日以外は散歩、ウォーキングを欠かさない。

一日一時間程度の散歩ぐらいはしないと、本当に身体がなまって死んでしまうかもしれない。まぁ運動しないからいきなり死ぬってことはないだろうけど。

でも本当に四十を越えたら途端に身体がなまってきたのがわかってしまったんだ。

だって、靴下穿くのに片足で立ったらぐらぐら揺れて転んでしまうんだ。いや本当に。それで洗面所のところで盛大に尻餅をついてから、靴下を穿くときには椅子か床に座って穿くようにしている。若い頃から運動嫌いだったけどね。学校でも体育の成績は悪かったし。

でも、観るのは好きなんだ。

野球が大好きだ。

同じ小中に通って下級生だった近所の禄朗くんが甲子園に行ったときには、本当に興奮して甲子園まで応援しに行ったよ。まぁそのときに禄朗くんが審判をぶん殴ったっていうのは後で聞いたんだけどさ。

もう二十年も前になるんだな。いまだに誰も、五月もお義姉さんたちもその理由を知らないらしいし、禄朗くんも絶対に言わないらしい。もちろん、義兄になった僕も何も聞いていいない。

僕としては、たぶん、あの一球のせいだと思ってるんだけど。訊いてみたい気もあるんだけど、たぶん絶対に言わないだろうからずっと訊いてないんだけどさ。

九回裏でフォアボールを出して同点になってしまったあの一球。

あれは、スタンドで見ていても高さは間違いなくストライクだった。コースもそんなに外れてはいないように思ったけれど、球審は「ボール！」と告げた。そのときの、キャッチャーだった禄朗くんの反応が、ちょっと普通じゃなかったからね。スタンドで観てても わかったよ。

それまで見たことない反応をしていた。

普通は高校野球なんだから球審のコールにいちいち反応はしないんだ。しちゃいけないんだ。際どいのをボールと取られても反応しないですぐにピッチャーにボールを返すのが普通。

それなのに、あのときの禄朗くんは一瞬、動きを止めてゆっくりとアンパイアの方を振り仰ごうとしたんだ。

そんなことをしてはいけないと気づいてすぐにやめて、ボールをピッチャーに返したけれどさ。

本当にあの反応だけは違った。禄朗くんが高校に入ってすぐにレギュラーになってからの試合はほとんど全部観ていたけど、そんなことしたことなかったからさ。

たぶん、あの一球はストライクだったんだ。禄朗くんははっきりとそれがわかっていたのにアンパイアがボールと告げた。もしもストライクと告げたのならそれで勝ったはずなのに、ボールとされて負けた。

ただまぁ、負けたからって、そんな理由でアンパイアを殴るまでいくとは思えないんだけどね。何か、あったんだ。間違いなくあのときに。

むしろその後に事故で肩をやってしまって、もうまともに球を投げられなくなった方が可哀想だったけれど。

「禄朗くんも、結婚か」

十四歳も下のユイちゃんとね。元オリンピック選手っていうのはなんか元高校球児とは良い感じだけど。

まさかね。あの女嫌いかつ堅物の禄朗くんがね。

惚れられたとはいえ、ユイちゃんの一途な思いを受け入れる気になるとはね。

人生ってホントにわからないもんだ。僕がラノベで作家になれたのもまさかね、って思っちゃうし、デビューして十五年もの間ずっと途切れなく依頼があったのもまさかね、だし。

人生はおもしろい。

経営者にはまったく向いていない僕がゲームセンターの息子に生まれて、親父がさっさと死んじまって否応なくそれを継ぐことになったのもおもしろいし、何とかやっていけちゃってるのも、おもしろい。

ゲームセンターの経営者とはいっても、仕事らしい仕事はほとんどしていないんだからね。やることと言えば、提携しているアミューズメント会社との交渉だけ。それもほとんど向こうのお勧めに従って、はいはいと頷いて新規のマシンやなんかを導入していくだけ。その他の店のことは、全部従業員たちがやってくれている。

皆、優秀なんだ。ゲームとかそういうのが大好きな人たちばかりだし、お客さんを愉《たの》しませるためにどうしたらいいかって本当にしっかり考えながらやってくれている。

あと、僕みたいな男と一緒になってくれた五月もね。何とか潰れないように、潰されないようにと綱渡りのような日々だけどそれをきちんとやってくれている。

宇部家の血は、きっと代々商売人の血なんだろうなって思うよ本当に。お義姉さんたちもそれぞれのところでもう主よりもずっと主らしく商売をやっている。そもそも全員が商売人のところに嫁ぐっていうのがね、なんかもうそれっぽくてさ。

〈すずき洋装店〉なんか、二葉さんが嫁になってからずっと売り上げが右肩上がりだからね。もう二葉さんがいないとやっていけないよあそこは。

三香さんが嫁の〈佐東薬局〉は、大手ドラッグストアにも負けない堅実で誠実な商売で評判になってる。結婚してから大学入って薬剤師の免許を取ったっていうのも驚いたよね。

四穂さんが嫁いだ〈向田商店〉もずっと順調だよね。新しいアイデアがスゴイよね。まさか肉屋が缶詰も扱うようになるとは誰も思わなかったしそれがすごい好調だしさ。

「でも、うちはなぁ」

そもそもゲーセンを個人でやること自体がもう厳しい時代だし。いつまでもつかなって感じなんだけど、従業員の皆の暮らしは守ってやらなきゃならないし、かといってもう店はダメだからどこかへ移ってもらうから、ってのもね。なかなか難しいし。

提携先が経営しているどこかのゲーセンやアミューズメント施設にまとめて雇ってもらえるように交渉することはできると思うんだけど、皆が皆いろいろ事情を抱えているからなぁ。

おいそれとどこかの街に引っ越して新しいところで働いてね、っていうのも難しいんだよなぁ。

もう五月と二人きりなら死ぬまで、贅沢さえしなきゃのんびり暮らしていけるぐらいの貯金は、ラノベ作家として稼いだんだけどな。

「頑張らなきゃならないかなぁ」

どこかが店ごと買い取って、このままここでゲーセンか何かのアミューズメント施設を経営してくれて、従業員もまるごと雇ってくれるのがいちばんいいんだけど、こんな地方都市にやってきてそんな話に乗っかってくれるところもないだろうしな。

そんなことを毎日散歩の度にずっと考えている経営者のもとで働いている皆が可哀想な気もするけど。

でもうちはホワイト企業だしね。皆で幸せな暮らしができるように頑張っているつもりだし。

「おっ」

向こうから歩いてくるのは愛しの甥っ子の大賀《たいが》。〈向田商店〉の後継ぎ候補。お姉ちゃんの穂波《ほなみ》ちゃんもお店を手伝うのが好きみたいだけどな。どっちが継いでくれるのか楽しみだよな。

「大賀」

「こんちはー」

歩きながらぺこん、と頭を下げる。

「もう学校終わったのか？」

「終わった」

四年生はこれぐらいの時間だったか。

「どこ行くんだ」

ひょいと右を指差す。〈たいやき波平〉。

「お母さんが、禄朗叔父さんの様子見て、たいやきおやつにもらってこいって」

「そっか。叔父さんもだ」

〈たいやき波平〉の暖簾《のれん》を大賀と一緒にくぐって戸を開ける。ここの暖簾、良いんだよね。形といい素材といい色といい、なんだかしっくり来る暖簾なんだ。

「一磨さん、大賀くんも。いらっしゃい」

ユイちゃんの笑顔。

そして無愛想なんだけど微かに浮かべる禄朗くんの笑み。この二人、確かに年は一回り以上離れているんだけど、なんかこれも良いんだよね。

二人で並んでいるのが、すごくしっくり来るんだまた。

個人でやってる店って、もちろん扱ってるものがちゃんとしてることが第一条件だけれど、こうやって夫婦でやってるならその二人の間がものすごくしっくり来てるってすごく大事なんだよね。

もうそれだけでまた来ようって気になるんだよ。

「大賀もたいやきか？」

「うん。お母さんが四個焼いてもらってこいって。あ、そして禄朗叔父さんはどうだって訊いてこいって」

「そうか。ユイお姉ちゃんがいるから、全然大丈夫だって言ってくれ。四個な。ちょっと待て。すぐに焼くから」

「一磨さんの分は、こちらに包んであります」

「ありがとう。こっちも伝言だけど禄朗くん。保育園へのたいやき差し入れは明日で、今回は二十個だって」

「了解です」

頷いて、壁のホワイトボードにユイちゃんが書き込んだ。

近くにある〈きぼうの森保育園〉。夜の一時までやってる夜間保育園だ。園長さんが宇部家とは深い繋がりがあって、昔からお菓子の差し入れをしているんだよな。

「そうだ、大賀」

「なに」

「今度の日曜日、うちでコラックの大会やるぞ。小学生の部もあるから参加するだろ?」

人気の格闘ゲーム。大賀もいつも来てるもんな。

「や、今度の日曜は友達んちでカードゲームやるから。みんな集まって。行けない」

そうか。

「わかった。残念だな」

絶対に参加すると思って頭数に入れておいたが。まぁいいか。

「気が変わったら当日でもいいから言ってこい」

「わかった」

こくん、と頷く。

うちは子供ができないから、子育ての苦労やその他諸々を味わうことができないんだけど、甥っ子や姪っ子を見てる分には本当に可愛いと思う。

まぁ子供を持ったら持ったで本当にいろいろあるのは、宇部家をずっと見てきたからよくわかるけどさ。

五　子供がつく嘘には何がある

「はい、大賀くん。たいやき四個ね」

「ありがとう」

大賀くんは〈向田商店〉に嫁いだ、宇部家三女の四穂さんの息子さん。四穂さんに似て、眼が丸くてくりんとしていて可愛いんですよね。髪の毛も長めにしているので、遠目には女の子に見えるときも。

向田の篤さんと四穂さんは仁太さんの同級生だったので、ずっと仁太さんにコーチしてもらっていた私も、禄朗さんとお付き合いを始める前から何度も会ったり一緒にご飯を食べたりしていました。

宇部家の四姉妹の中でも、いちばん仲良しかもしれません。

「お母さんに言っておいてくれ。特に様子を見にくるとかしなくていいからなって」

「わかったー」

風のようにさーっと飛び出して帰っていく大賀くん。

あれぐらいの子供たちって、本当に足に羽でも生えているように飛ぶように元気に走り回りますよね。

「明日、〈きぼうの森保育園〉には私がお届けしますね」

「頼む」

「三時ぐらいでいいんですか？」

そうだな、って禄朗さんが頷きます。金型をブラシでこすって掃除しながら、何か考えているふうに首を少し捻りました。

「さっき、大賀は」

「え？」

「一磨さんに誘われたときに、日曜は友達の家でカードゲームやるから〈ゲームパンチ〉の大会は行けない、と、言ったね」

言っていましたね。

「それが、どうかしましたか」

禄朗さんが、顔を少し顰めています。

「それは、嘘だったんだ」

嘘。

大賀くんが？　一磨さんに？

「どこが嘘だったんですか？」

確か、大賀くんは『今度の日曜は友達んちでカードゲームやるから。みんな集まって。行けない』と言いました。

禄朗さんが、ホワイトボードに書き出しました。

〈友達の家でカードゲームやる〉

〈みんな集まって〉

〈行けない〉

「〈家でカードゲームやる〉が〈嘘〉だった。〈みんな集まって〉と〈行けない〉というのは本当だったな。あ、〈友達〉と〈今度の日曜〉というのにも嘘はなかったから、それも本当だ」

家でカードゲームをやる、というのだけが嘘。

では。

「日曜日に何人か集まって何かしらの用事があるから、〈ゲームパンチ〉に行けないというのは本当なんですね」

「そうだな。それは間違いなく本当だ。大好きなゲームの大会に行かないぐらいに大事な用事があるんだろう」

小学生は、忙しいです。

平日の学校はもちろん、放課後も土日もほとんど何か予定が入っています。何かの習いものだったり、学習塾だったり、もちろん友達と一緒に遊ぶのも小学生のうちはれっきとした予定。

禄朗さんが、苦笑しました。

「これが、俺の日常なんだ」

何気ない会話でも、その人がついた嘘がわかってしまう。

さっきの一磨さんと大賀くんの会話は、ほんの二言三言。本当に何気ない会話で、聞いていた私も何とも思いませんでした。そうなんだ、と思っただけです。

でも、禄朗さんはその中に〈嘘〉を感じてしまう。

「まぁ放っておいてもいいんだ。きっと大賀には、大好きな〈ゲームパンチ〉での大会に行けないぐらいの大事な用事が、友達の何人かと一緒にすることが日曜にあるんだろう。それはいいよな。おかしなことじゃない」

「そうですね」

全然、普通にあることです。

「でも、どうしてその大事な用事を、一磨叔父さんに言えなかったのか、ですね？　大好きな叔父さんに嘘をついてまで、それを隠したのは何故なのか」

「そうだな」

大賀くんのお母さんは、四穂さん。

五月さんの夫である一磨さんは、大賀くんにとっては叔父さん。しかも同じ商店街に住んでいる、いつでも会っている、しかもゲームセンターをやっている大好きな叔父さんです。

「それが、どうにも引っ掛かった。少なくとも今まで大賀がそんな嘘を一磨さんに、まぁ一磨さんだけじゃなくて他の皆にも言うようなことはなかった」

「良い子ですものね。大賀くん」

決して大人しいわけじゃなくて、元気で活発な子だけれども、しっかりもしている。もう少し大きくなったら頭も良くて運動神経もいいオールマイティだからモテモテになるんじゃないかって感じの男の子。

そんな子が、叔父さんに何かを隠した。

嘘をついた。

「四穂さんのところで、向田家で、日曜に何かイベントがあって出かけるわけじゃないですよね」

「違うだろう」

外を見ながら即座に禄朗さんが言います。

「それなら嘘をつく必要なんかない。素直に言うだろうし、そもそも〈向田商店〉の休みは月一回の火曜日だ。日曜に休むはずがない。店を休んでまで何かをするのなら、俺も聞いているはずだし、一磨さんだってユイちゃんだって聞いていてもおかしくない」

「そう、ですよね」

臨時休業するのなら、間違いなく誰かが聞いています。商店会の方にも連絡をするでしょうし、それは事務局から全店舗に回されるはずです。

以前はメールや掲示板を使っていましたけれど、今はＬＩＮＥでも回ります。

「それに、絶妙な嘘だった」

「絶妙、ですか」

「『友達と遊ぶ』、と言っておけば、一磨さんはそれ以上の詮索はしないだろうし、後で五月にわざわざ言うことも、たぶんない。ましてや向田さんに確認なんかするはずもない。そう思うだろう?」

確かにそうです。

「仮に、一磨さんが帰り際に四穂さんに会ってそう言ったとしても、四穂さんもあらそうなのね、と、ただ納得するだけですよね。友達と遊ぶって言っているんですから、いつものことですよね」

「その通りだな。大賀は頭も良いし、機転も利く子だ」

学校の成績も良いし、とても賢い子です。

ゲームが大好きなのはもちろんですけれど、パソコンとかにもとても詳しくて、子供向けの特別教室でプログラミングなんかもこなしていました。

確か、その特別教室でオリジナルのゲームを作って表彰とかもされていたはずです。まだ四年生なのにすごいなぁと思っていました。

禄朗さんが、考えています。

「咄嗟の答えじゃない。予め《あらかじ》用意してあった嘘のような、感じだったな」

「予めというのは、誰かに日曜日の予定を訊かれたらこう答える、っていうのを用意してあったってことですか?」

そうだな、って頷きます。

「答えに、何の躊躇《ちゅうちょ》もなかった。素直に、ごく自然に答えていた。予め用意してなきゃ言えない感じの受け答えだった。きっと誰か他の人に、たとえば母親である四穂に訊かれたら、誰々くんの家に遊びに行く、と仲の良い友達の名前でも出したんじゃないか。一磨さんだから、友達、という表現で済ませた」

「ということは、その誰々くんという友達とも、予め打ち合わせ済みってことですよねきっと」

「そうだろう。きちんと口裏を合わせておかないと、いざ日曜日が来たときにバレてしまう。どんな嘘だろうと、まだ十歳の子供がそういう嘘をつけば、怒られる。そんなのは、大賀はもちろん充分に承知している」

「何らかの、大人には誰にも言えない計画があるってことなんでしょうか」

今度の日曜日に。

「そういうことなんだろうな」

さて、と、禄朗さんが私を見ました。

「これは、どうしたらいいかな。放っておいてもいいかな」

大賀くんが嘘をついた。

それはもう間違いのないこと。

「子供の他愛のない嘘なんて、放っておけばいいとも思いますけど」

「そうだな。だが、同じく叔父である俺はその嘘を知ってしまった。将来の叔母である君も。

そして本当に他愛のない嘘なのかどうかは、わからない」

そうですね。

困りましたね。

「いきなり、四穂さんに『大賀くんが日曜に何かするみたいですけど聞いていますか?』なんて確認なんかできないですね」

「できないな」

禄朗さんが嘘を見抜けるというのは、私にしか言っていない秘密。

「もう既に大賀は日曜の予定を四穂に告げているかもしれない。計画遂行のひとつとしてね。もしも、その計画がとても良いことだったとして、俺たちが動いたことでバレてしまって、それが台無しになってしまったら」

「トラウマクラスの出来事になってしまいますよきっと」

そんなことが起こったら、自分が十歳の頃のことを考えてもきっと泣いてしまいます。

「でも、何か危険なことを考えている可能性もあるわけですよね」

「まぁ、あいつは賢いからな。そんなとんでもなく危険なことを内緒でやろうなんてことは、決めないとは思うが」

そうだとは思いますけれど。

禄朗さんが、腕を組んで考えています。

「友達と集まるのが本当なんだ。だとすると、小学校に関することだろうか」

「選択肢の中には出てきますよね」

小学四年生です。

その世界は、学校と家庭と、周りにあるものだけ。

友達は全員小学生のはずです。

「それも、クラスメイトの可能性がいちばん高いですよね」

うん、と、禄朗さんも頷きます。

「今度の日曜に、小学校で何かのイベントがあるとかは」

「特に何も聞いていませんけれど」

確か、日曜の小学校では。

「体育館の開放は、していますよね」

「あぁ、あったな」

小学生はもちろんですが、保護者の皆さんにも開放して、バドミントンや何かのスポーツをして遊ぶことができます。私も小学生の頃には何度か行ったことがあります。

「校庭で遊ぶこともちろんできます。球技は禁止ですけれど」

「イベントとして、父兄の球技大会とかもあるからな」

「やっていましたね」

禄朗さんはもちろんソフトボール大会とかのアンパイアとして参加していました。

「ただ、そんなものではないな」

違うんでしょう。

緑朗さんが、スマホを取り出しました。どこかに電話します。

「ちょっと、北斗《ほくと》に確認してみる」

「北斗さんに？」

二丁目の〈松宮《まつみや》電子堂〉の北斗さん。商店会事務局の局長としていろんなことを一手に引き受けてやっています。そのせいじゃないんですけれど、以前から〈松宮電子堂〉の裏には近所の皆さんが集まって井戸端会議をするようなスペースがあって、そこでいろんな話が集まるんだって聞いています。

仁太さんも、以前はよくそこに顔を出していたって聞いています。

電話をかけて、スピーカーにしました。

（もしもし）

「あぁ、すまない。宇部の緑朗だ。今大丈夫か」

（いいですよ。どうしました？）

「小学校で、最近何かいつもはやらないイベントとか、あるいは変わったこととか、出来事とか、そんなものの話は聞いていないだろうか」

（小学校で？）

「そう、ここ最近の話でいいんだが」

（イベントとか、出来事）

北斗さんが考えている様子が浮かんできます。

(それは何か、特別なことがあったとか、ですか?)

「いや、わからないんだ。あぁすまないけど、俺がこんなことを訊いてきたっていうのは内緒だ」

(内緒で。出来事)

また少し間が空きました。

(そういえば、退院おめでとうございます。どうですか? 明日からもう営業を)

「するよ。ユイが手伝ってくれるから、二人で店に出る」

(良かった。早速明日たいやき買いに行きます)

「頼む。退院祝いで」

(行きますよ。出来事と言えばですね、ハトが体育館に一羽迷い込んできて、しばらく出ていかなくて困ったそうですよ)

「ハトか」

(餌を買って床に撒いて、ドアを全部開けたりして何とか出ていってもらったそうですね。なかなか大変だったと)

中学校のときに同じことがありました。どうして学校ってハトが集まるんでしょうね。昔からそんな話をよく聞きます。

「他にはないか」

（えーと、そうだ。ついこの間、ピアノの調律師が来たそうですね）

「ピアノの調律師が？」

（小学校のピアノって滅多に調律できないそうですね。予算がなくて）

「あぁ、そうか」

（年に一回とか二年に一回とか、ひどいところではもう何年も調律できなくて、ピアノをやってる人にしてみると聞くに堪えない音階になってるとか）

「わかるな」

私もわかります。

「わかります」

（あぁ、ユイちゃんもいるのか）

「あ、すみません。お久しぶりです。私も、音楽はやっていないのに何故か絶対音感を持っているらしくて」

（あ、そうなんだ）

「ピアノはやっていたよな？」

「中学校までは。高校に入ってからはやっていなくて。なので、学校のピアノが調律されていないっていうのはよくわかります」

予算のある私立とかはきちんとしているらしいですけれど、公立などはなかなか難しいって聞いたことがあります。

「それで？　予算を取って調律師が来たって話なのか？」

（いや、それがボランティアとかで。初めて来た人らしいですよ）

ボランティアで調律ですか。

「ああいうものは、けっこう高いはずだが」

（もちろん、一台につき何万、とかはするでしょうね。特殊技能なんですから）

禄朗さんが少し首を捻りました。

「そのボランティアの調律師さんはどこからどういう経緯で来たとか、どこの誰かはわからないのか？」

うーん、と、北斗さんが唸《うな》ります。

（調べれば、わかる、かな？　当然小学校では把握しているでしょうからね。誰か先生に訊いてみますか？）

「いや、こっそりとわからないか」

（こっそりですかぁ。何かあったんですか禄朗さん）

「いや、悪だくみをしているわけじゃないんだ」

（それはわかりますよ。禄朗さんは商店街のアンパイアなんですから）

野球のアンパイアですけれど。

でも、禄朗さんは「高校野球審判の手引き」にあることを、きちんと守っています。

〈野球に関係のある場所ではもちろんのこと、私生活においてもマナーと身だしなみには十分な注意を払い、社会人として常に審判委員の精神にのっとった行動をしなければなりません。〉〈審判委員は礼儀を重んじ、しかも公平で厳格であるべきです。〉〈この日常の態度がゲームにおける適正かつ正確な判定にもつながっていきます。平素の身だしなみのみならず審判の服装や用具についても特に自分自身で、常に行き届いた手入れと管理を心掛けることが必要です。〉

だから、堅物とか言われるんですけれども。

「とりあえず、小学校で何か変わったことがなかったかを知りたいんだ。決して悪用とか、そんなことはしない」

〈するはずもありませんね。わかりました。こっそり確かめてみます。四、五分時間をください。折り返し電話します〉

「すまんな」

電話が切れます。

「今の話が、何か」

うん、と、頷きます。

「何か引っ掛かった。いや、北斗の言葉に嘘があったわけじゃない。全部本当のことを言っていた。でも、何かピアノってものに感じるものがあった」

直感。

本当に禄朗さんはその直感というものが優れているんだと思います。嘘にしか反応しないと言っていましたけれど、実はその他のものにもきっと直感は働くんじゃないでしょうか。

　スマホが鳴りました。

「早いな。もしもし」

（北斗です。わかったんですけれど、禄朗さん）

「うん、どうした」

（ちょっと困った事実が出てきましたね）

「なんだ」

（調律師さんの名前も住所も判明したんですけれど、調べてみたらそんな調律師さんは、少なくともこの街にはいないんですよね）

「いない？」

（控えた住所が間違っていたか、もしくはでたらめです。名前に関しては範囲を、たとえば東京とか関東全域まで広げれば同じ名前の調律師が出てくるか）

「もしくは、まったく名も無い調律師か、か？」

（そういうことになりますね）

　それは、何なのでしょうか。

六　名も無き調律師は何者なのか

小学校にあるグランドピアノをボランティアで調律してくれたその人の名は、〈瀬戸丸郁《せとまるいく》哉《や》〉さん。

名刺などは貰ってなくて、連絡先だけメモしてあったそうです。禄朗さんがその名前をメモしながら頷きます。

「〈瀬戸丸郁哉〉。字面はそれほど変わってはいないが、少し珍しい名字かな」

（そう思いますね）

瀬戸《せと》さんなら、たまたまですけれど高校の同級生に瀬戸あやかちゃんがいました。確かに瀬戸丸さんというのはちょっと珍しいかもしれません。

「そもそもボランティアとはいえ、何故調律をしてもらうことになったのか経緯はわかったのかな」

北斗さんに禄朗さんが訊きました。

（さすがにそこまで詳しく調べるのには、こっそりとはいきませんのでわかりません。でも、最終的には校長先生の許可でやったことは間違いないでしょうね）

「だろうな。案外、校長先生の知人辺りかな」

（その可能性は高いんじゃないでしょうか。他の誰かの、それが他の先生だとしても、紹介となると、ボランティアとはいえ何か危ない詐欺にでも遭うんじゃないかって思ってしまいますよ）

「そうだな。公立の学校としてはそんなの簡単には許可できないな」

そうだと思います。

確か、小学校の校長先生は榊原郁恵《さかきばらいくえ》先生。昔はアイドルだったというあの芸能人の方とまったく同姓同名だって聞きました。私も校長先生を見かけたことはありますし、皆が話しているのも聞いていますけど、本当に雰囲気も似ているんです。小柄でちょっとぽっちゃりしていて笑顔が可愛らしくて。

（校長先生に探りを入れてみますか？）

「いや、さすがに北斗にそんなことはさせられないな。小学生の子供がいるわけでもないからそれこそ何か怪しまれても困る」

北斗さんは、新婚さん。つい半年前に〈バークレー〉の奈緒《なお》さんと結婚したばかりです。子供はたくさん欲しいって言っていた奈緒さんですけれど、まだおめでたの話は聞いていませんし。もしも将来子供が生まれたのなら、そこの小学校に入るのは間違いないでしょうけれども。

そうだ。

「禄朗さん、たいやきを、学童の教室に差し入れしてきましょうか」

（あ、それいいんじゃないですか）

「いつもやっていることですし、それで学童の担当の先生にちょっと聞いてみるとか。あそこの教室にもアップライトピアノは置いてありました。前に差し入れに行ったときにも子供たちが弾いているのを聴きましたけど、調律は狂ってましたから」

（そういえばピアノの調律したって聞きましたけど、ここのもしたんですか？　とか訊けば何かわかるかもですね）

「そうだな。その手はいいな。ありがとうやってみる。くれぐれも内緒に。またちょっと頼むことがあるかもしれないけど」

（わかりました。いつでもどうぞ。ところで、お二人の結婚式ってやっぱり禄朗さんの足が完全に治ってからですか？）

　別に言いふらしているわけではないんですけれど、私たちが結婚の約束をしたことは、もう商店街の皆さんが全員知っているみたいです。禄朗さんがちょっと苦笑いみたいな笑みを浮かべて、首を傾げました。

「新郎が松葉杖ついてやるわけにもいかないだろうからな。治ってそれから準備してだから、早くても二、三ヶ月後ぐらいになってしまうんじゃないかな」

（了解です。やるならまた三丁目の〈海の将軍〉で人前結婚式がいいんじゃないですかね。皆がお祝いに駆けつけられますから。何せ〈愛の審判者〉ですからね。禄朗さんにもピッタリですよ）

「考えておく」

三丁目にある石像〈海の将軍〉は、マルイーズ・ブルメルさんという人が作ったものらしいですけれど、これはその昔には〈愛の審判者〉という呼び名もあり、この像の前で永遠の愛を誓うということも行われていたそうです。

それもあって〈花咲小路商店街〉を盛り上げるイベントのひとつとして、商店街で人前結婚式を執り行っているんですよね。三丁目の〈白銀《しろがね》皮革店〉の白銀さんと亜弥《あや》さんが最初に人前結婚式を挙げたのを、まだ学生だった私も見ていました。

禄朗さんが電話を切って、壁に貼ってあるカレンダーを見ます。

「今日は木曜日。事前に言わなきゃならないから、明日なら学童に差し入れできるな」

「できます。今日ももう始まっていますから、学校に電話してみましょうか」

「うん、頼む」

学童保育で学校に残る児童の数はわかっていますから、持っていく個数を決められます。余ってしまうと食中毒とかの問題になりますから、いつも児童の分と先生の分だけ持っていくようにしています。何か事情があって余ってしまったら、職員室に残っている先生たちですぐに食べてもらうようにも。

これも、禄朗さんのお父さんの時代からやっていることなんだそうです。学校が終わっても家に帰れないで、おやつを食べられない子供たちにって。

私のスマホではなく、お店の電話を使います。

「お世話になっています。〈花咲小路商店街〉の〈たいやき波平〉です。はい、こちらこそありがとうございます。明日なんですけれど、学童保育にたいやきのおやつ差し入れをしたいんですが、児童さんは何人になりますか。はい、はい、十人ですね。アレルギーのある子は。あ、いないですねわかりました。先生は二名ですよね。ありがとうございます。それでは開始した頃に差し入れしますので。はい、よろしくお願いします」

たぶん会ったことはあるけれど、名前は覚えていない女性の先生が応対してくれました。

「子供たちが十人と先生が二人ですね」

「じゃあ、予備も入れて十四個でいいか」

「そうですね」

四時ぐらいに持っていけばいいでしょう。〈きぼうの森保育園〉と合わせて三十四個が明日の差し入れの分です。

それだけでも、こんな小さな店にとって決して少なくない出費になるのですけれど、子供たちの喜ぶ顔は何ものにも代え難いものだと思います。

「それはいいとして、大賀の、いつも遊んでいる仲の良い友達って、ユイちゃんはさすがにわからないよな」

「そうですね」

そこまでは、わかりません。

「商店街の子で、大賀くんの同級生は？」

禄朗さんが首を傾げます。

「さっきから考えているんだけど、同級生はいなかったと思うんだよな」

いとこになる宇部家の他のお姉さんたちの子供は、もう皆が大賀くんより大きいです。その他の商店街のお店の子供たちも、思いつく限りではいません。皆が大賀くんより大きいか、小さいか。

「日曜日に、何がある、か」

禄朗さんが、その頭をフル回転させているのがわかります。禄朗さんは頑固だとか堅物だとかくそ真面目だとか言われていますけれど、最も凄いところはその頭脳だって私は思っています。

キャッチャーでした。それも高校に入って一年生でレギュラーを獲るほど能力の高いキャッチャーだったんです。

ダイヤモンドの中の監督と言われるほど、キャッチャーには試合を読む能力が求められます。相手の打者の心理を読み、仲間の投手の状態を把握し、同じく野手たちにも指示を出す。それは、いついかなる場合でもありとあらゆる方向から状況を見つめ、どうしたらいちばん良いかを掴み取り、実行させる能力です。

プロの世界でも名捕手だった監督に名監督が多いというのも頷ける話です。そして禄朗さんは屈指のクラッチヒッターだったそうです。塁上にランナーがいれば、確実にそのランナーをホームに帰すヒットを打っていたんです。幅広い視野と柔軟な思考に、ここぞという直感力。

それらが優れていたからこそ、良い野球選手だったんです。仁太さんが言っていましたけれど、肩を怪我しなければ、あるいはもっと優れた指導者のいる高校だったのなら、きっとプロのスカウトも注目する選手になっていたはずだって。

その禄朗さんが、直感力と頭脳をフル回転させて考えています。

「ユイちゃん」

「はい」

「今日の晩ご飯はハンバーグにしようか」

ハンバーグ。

「いいですよ」

付け合わせにする野菜は冷蔵庫にあるから大丈夫です。肉は鶏肉しかないので買ってこないとならないですけれど。

「〈向田商店〉で、手ごねハンバーグを買ってきてくれるかな。ついでに姉貴と井戸端会議でもしてきてほしいんだけど」

四穂さんと。

「何かを訊いてくるんですね？　学校のことですか？」

「そう。悟られないように、さりげなく。近頃、大賀のクラスメイトの家庭に何か普通ではない出来事がなかったかどうか。そういう噂話みたいなものが聞ければベスト」

普通ではない出来事。

「それが、大賀くんの〈嘘〉に繋がるって思うんですか？」

禄朗さんが頷きます。

「大賀は頭の良い優しい子だ。そして、素直だし真面目な子でもある。その子がお父さんお母さんにも、たぶんだけれども、内緒の〈嘘〉を隠しているということは、どう考えてもクラスメイトの友達の何かだと思うんだ。極端な話をしちゃうと、友達が親に虐待をされているのに誰も気づいてやれていないとか」

虐待。

考えただけでも胸が痛みます。

「まぁそんな大変なことではない、とは思うけれども」

「お母さんたちの間でそういう話は出るものですよねきっと」

「出るんだ」

禄朗さんが頷きます。

「ユイちゃんは知らないだろうけど、何年前だったかな、三香のところの薫《かおる》が小学生のときだよ」

薫ちゃん。〈佐東薬局〉の三香さんの一人娘ですね。

「そのときの、ある先生と誰かさんの親が浮気をしていたらしい」

「浮気ですか」

「親たちの間で噂が流れてね。結局はっきりとしたトラブルが表面化することはなかったみたいだけど、そのある先生は変な時期に転任していったらしいよ」

そんなことがあったんですね。でも、わかります。私の通った高校でもその手の話が出たことありました。

「そんなような話が聞ければいいな、と。それが大賀の嘘に何か繫がるかもしれない。聞けなくても、大賀が日曜に友達とどこかで遊ぶのを既に知っているか知らないかがわかるだけでも充分。ひょっとしたら大賀の嘘は一磨さんにだけついた嘘かもしれない」

「それがわかったなら、一磨さんに嘘をついた理由を探せばいいんですものね」

「その通り」

絞り込めれば、わかりやすくなります。

スパイみたいですね。

「わかりました」

〈向田商店〉は基本的には肉屋さんですけれど、魚とお野菜以外の食品もたくさん扱っています。〈花咲小路商店街〉でも古株のお店で、その昔には魚や野菜もたくさん扱っていてお総菜も手作りしていて、店先で相当たくさん並べて売っていたそうです。

でも、時代の流れもあり、お総菜は肉を中心にしたコロッケなどの揚物だけに絞り込んで、その代わりに缶詰やインスタント食品、冷凍食品などを扱うようになりました。

私も、商店街で毎日のご飯の買い物をするときにはお肉は〈向田商店〉、お野菜は〈八百《やお》平《ひら》〉、お魚は〈うおまさ〉で買います。毎日の買い物は全部〈花咲小路商店街〉で済んでしまうんです。本当に便利なんですよね。

オレンジ色の店先のテントが目立つ〈向田商店〉。実はこのテントは濃い紅色だったそうですけど、長い年月で色褪せてしまってオレンジ色に見えるんですよね。ガラスケースの中のコロッケや肉団子が本当に美味しそうです。

「あらー、ユイちゃん」

禄朗さんの上から三番目のお姉さん、四穂さん。四姉妹の中ではいちばん明るく陽気でお喋りなお姉さんです。いつも笑顔で、私も大好きなお姉さん。

「こんにちは」

夕方の四時です。いつもこのぐらいの時間の挨拶は〈こんにちは〉でいいのか〈こんばんは〉にした方がいいのか、迷います。

「ありがとうね、禄朗のこと全部任せちゃって。どう？　二人でやってけそう？　できそう？」

「大丈夫です。もうたいやきも焼いてみました」

「そうよね。大賀も言ってた。まぁ後でちょっと顔出してみるけれど。何か持ってく？　晩ご飯のおかず」

「あ、ハンバーグを買いに来ました。晩ご飯はハンバーグがいいって禄朗さんが」

四穂さんが笑います。

「舌が子供なのよねあの子いつまで経っても。気をつけてね、禄朗に何食べる？　って訊いても大体ハンバーグとカレーと、せいぜい餃子しか言わないから」

笑います。確かにそうかもしれません。今までどこかで食事をしたときにも、大体そんなような感じでした。

お店は、混んではいません。あと三十分や一時間もすると晩ご飯の支度にお客さんが大勢来るかもしれません。井戸端会議をするのにはちょうどいい時間です。

「大賀くんがお店に来たときに、ちょうど一磨さんも来ていて話していました」

「あらそう。一磨さん元気？　あの人見ないときにはほんっとうにずっと見ないから。ずっと家の中にいるんだものね」

「元気でした。今度の日曜に何かゲームの大会やるけど大賀くんは参加しないって話していましたね」

四穂さん、ちょっと顎を動かします。

「あぁぁゲーム大会ね。そういえば行かないって言ってたわね。カイルくんの家で皆で遊ぶとか言ってたっけ」

お母さんにもう日曜の予定を言っていたんですね。

そして、カイルくん？

「外国人の友達ですか？」

うんうん、って四穂さん頷きます。

「ユイちゃんはまだ知らないか。カイルくん、小学校の英語の先生のマイケルさんの息子さんね。もう何年かな、こっちに来て二年ぐらいかな。カイルくんとはずっと同じクラスなのよ。ほら、知らないかな。小学校のすぐ向かい側にある、大きな赤い三角屋根のちょっと変わったお家」

小学校の向かい側。

「ちょっと山荘みたいな雰囲気の家ですか？」

「そうそう。あそこマイケルさんの家なのよ」

そうだったんですね。小学校には外国人の英語の先生がいたんですね。

「セイさんとも親しいみたいよ」

「そうですか」

セイさん。矢車《やぐるま》聖人《せいと》さん。矢車家はその昔はこの辺りの大地主だったそうです。それで、今でも四丁目の大きなマンションが建っていて、そこに住んでいるセイさんは、イギリスから帰化したんです。

もうそろそろ八十歳ぐらいになるはずですが、今も矍鑠《かくしゃく》としていて、英国製のスーツをパリッと着こなして散歩したりしています。

「ユイちゃんは、セイさんとは顔見知りだっけ？」

「何度かお話ししたことはあります。セイさんは私がいた学校の先生とも親しかったみたいで、よく校内でもお見かけしていましたから」

外国人同士の繋がりがあるんでしょうね。

「カイルくんは、大賀くんと仲良しなんですね」

「そうみたいね。あ、カイルくんはもう日本語ペラペラよ。大賀が英語喋れるわけじゃないから」

ちょっと、切り込んでみないと話題がもちません。四穂さんがもう手ごねハンバーグを二つ包もうとしています。

「じゃあ、マイケル先生は家族でずっと日本にいるんですね。お母さんも外国人の方ですか？」

「ううん、お母さんはね、ひまわりさん。日本人なのよ」

「ひまわりさん」

「可愛い名前でしょ？　最初はちょっと笑っちゃうけど本人も名前をネタにしてるから大丈夫よ。名前通りに太陽みたいに明るくて楽しい人なのよ」

ちょっと会ってみたくなりました。ひまわりさん。

「子供ができて、小学校に入るとＰＴＡとか、お母さん同士の繋がりとか、いろいろ大変ですよねきっと」

あぁ、って四穂さん笑みを浮かべます。きっと私が早くもそういうことを考えているって思いましたよね。

ちょっと、恥ずかしいけれども話を持っていくために仕方ありません。

「それはもうね、いろいろあるけれども子育てって大変なものはもうそういうものだから。大丈夫、私たちがいるから。いろいろ教えてあげるし助けてあげるから心配しないで。あれよ、子供ができてからの離婚とかね、そういうのは本当に子供が可哀想だから禄朗に愛想つかすなら早めにね」

それはきっとないですけれど、頷いておきます。

「親が離婚や、事故や病気でいなくなってしまったりは、しょうがないのかもしれないですけれど、子供たちにはショックですよね」

ねぇ、って四穂さん顔を顰めました。

「そうなのよ、あ」

ちょっと声を潜めます。

「こないだも、あ、なんか噂話するオバさんみたいでイヤだけど、いやオバさんだけどね、大賀のクラスメイトにね」

「何か、あったんですか」

「離婚ね。それもW不倫とかで、ユイちゃんは知らないだろうけどちょっと騒ぎというかあったのよ。困っちゃった皆に知られちゃったみたいで」

W不倫。

「大賀くんのクラスの子の、親御さんにですか？」

「そう。それがもう子供たちの間にまで知られちゃって、何かもう可哀想というかとんでもないっていうか。女の子なのにね」

「女の子、ですか」

大賀くんのクラスメイトの。

☆

夜の一時までやってる夜間保育園〈きぼうの森保育園〉はうちの店から歩いて十五分ぐらいのところにあります。

三階建てのクリーム色のきれいな園舎は、十年ぐらい前に新しく建て直したもの。周りはぐるりとクリーム色に塗られたコンクリート製の塀に囲まれていて、ゲートのところのインターホンで呼び出して暗証番号を入力しなければ入れません。暗証番号はもちろん子供が入園している保護者にしか教えません。

私たちみたいな外部の人は、事前に電話してインターホンのカメラで確認しないと、ゲートは開けてくれません。

「こんにちはー〈たいやき波平〉ですー」

（はーい。ご苦労様ですー）

二重になっているゲートを開けると、そこはもう園庭。芝生になっていて、滑り台やいろんな遊具があって、もう来ている子供たちが何人もそこで遊んでいます。

話しかけてくる子供たちの相手をして、玄関に入って先生のいる事務室に入ります。

「いつもありがとうございます」

副園長さんの、小柴《こしば》さん。園長先生の娘さんがいました。

「いいえ。たいやきです。早いうちに食べちゃってくださいね」

「おねえちゃんだ」

巻き毛の可愛らしい男の子。優紀くんです。〈ゲームパンチ〉さんで働いている野々宮真紀さんの一人息子。何度か〈ゲームパンチ〉さんで会ったことありますし、優紀くんはあんこが大好きなので、お店にも食べに来てくれています。

「優紀くん、元気？」

「げんきだよ」

真紀さんは確か自転車で転んで怪我して、少し休んでいたはずです。

「またお母さんとお店に食べに来てね」

「うん」

本当に優紀くんは可愛らしい男の子。

そのまま、小学校に向かいます。

第一小学校は〈花咲小路商店街〉はそのまま全部が校区なので、そこで育った子供がほぼ全員通います。禄朗さんたち姉弟も、その他の皆さんもほぼ全員がＯＢとＯＧ。私は、違う校区なんですけれど。

小学校には、まだこの時間には人の出入りがありますから、通用口にも鍵は掛かっていません。それでも一応インターホンを鳴らして、職員室に残っている誰かに訪問の理由を告げます。私が来ることはもう伝えてありますから、（どうぞー）と返事が返ってくるので、そのままスリッパをお借りして、学童保育の教室へ向かいます。

「こんにちはー」

教室に入ると、何かしらやっている子供たちが一斉にこちらを見ます。

「たいやきだー！」

「波平だー！」

私は、きっと子供好きです。もっと早くにそれに気づいていたら、スポーツの方には進まずに、保育士とか幼稚園教諭とか、そちらの道を選んでいたかもしれません。

「はーい、手を洗ってきてからねー」

担当の、山田《やまだ》先生です。皆が走って教室を出て手洗い場へ向かいます。

「いつもありがとうございます」

「いいえ」

先生にたいやきの袋を渡します。

「ご主人、退院したんですよね？」

禄朗さんのことです。ご主人というのは私の夫という意味ではなくお店のご主人という意味で。

「はい、しました。もう今日から通常営業していますので」

「良かったですね」

子供たちが戻ってきて、たいやきを配ります。

「ちゃんと座って食べてねー」

アレルギーのある子がいるとちょっと困るのですが、ここのところはずっとたいやきを食べられる子ばかりで良かったです。

ピアノの蓋が開いています。

「そういえば、ピアノを調律したって聞いたんですけれど、ここのもしたんですか？　前に聴いたときにちょっと狂っていたので気になったんですけど」

「あ、ピアノ弾けるんですか？」

「少しですけれど」

山田先生が頷きます。

「ボランティアの人が来てくれて、全部、体育館と音楽室のグランドピアノと、ここのも調律してくれましたね。すごく助かりました」

「ボランティアって、どんな方だったんですか？　この街の人ですか？」

これぐらいは普通の質問ですよね。変に怪しまれないとは思いますけど。山田先生、ちょっと首を傾げました。

「どこの人かは知りませんけれどね。校長先生のお知り合いだって話ですよ。背の高い、少しお年を召した男性の方でしたね。六十代か七十代か」

お年を召した方。ですか。

「私、いましたけれどほとんど何も喋らずに。無口な、でも優しい笑顔の方でしたよ」

☆

そうか、って禄朗さんが頷きます。

お店の中にお客さんはいません。たいやきは焼き上がりのものが七個あります。

「お年を召していて、校長先生の知り合いだったか」

「六十代か七十代に見えたって言っていましたね」

年配の男性か、って禄朗さんが繰り返して言って、少し考え込みます。

「昨日の、四穂が言ってたW不倫の話だけどね」

「はい」

私が配達に行っている間に、北斗さんが確認してくれたそうです。

前からわかっていましたけれど、北斗さん本当に有能というか、調査能力が凄いです。仁太さんも以前に何かわからないことがあったら北斗さんに調べてもらっていたそうです。商店街の情報屋みたいなもんだぞって言っていましたから。

「やっぱり大賀のクラスの、佐々《ささ》野《の》麻衣《まい》ちゃんという女の子だそうだ」

「麻衣ちゃん」

本当にそうだったんですね。

「お母さんは、佐々野乃梨子《のりこ》というんだそうだが、あ、これは今の姓だ。離婚して元の名字に戻っている。ちょっとややこしいんだが、麻衣ちゃんの通っていたピアノの先生の旦那さんと不倫したらしい」

「ピアノですか」

「そして、乃梨子さんの旦那というのが、そのピアノの先生と不倫していたそうだ」

「だから、W不倫ですか」

「そのようだな」

ドラマではよくある話ですけれど、実際にあった話を聞くのは初めてです。

「でも、ピアノって」

禄朗さんの直感が当たっていたことになるんじゃないでしょうか。

「謎の調律師さんもそこに関わっていたってことになるんでしょうか」

「それは、わからない。でも、ピアノは充分にキーワードになるんじゃないか。その麻衣ちゃんと大賀はとても仲良しなのは本当らしいしな」

W不倫。

それがクラスの皆にも知れ渡ってしまっている。

「麻衣ちゃんは、ちゃんと学校に来ているんですよね？」

「らしいな。まだ四年生だ。浮気とか不倫の意味は知っていても、それでどうこうされるというのはないんじゃないのか。ませたガキはまぁいるんだろうが」

大きな問題になっていないということは、いじめとかもないんでしょうか。心配ですけれど。

「ひょっとして、そのピアノ教室には同じ学校の子も通っていたんでしょうか。それで」

「周囲に広まったという可能性は非常に高いだろうな。で、まぁ結局夫婦は二組とも別れてしまって、ピアノ教室は閉鎖になった、と」

「閉鎖ですか」

「引っ越したらしいな。さすがに話が広まってはそのまま子供たちに教えられないだろうし、親も通わせないんじゃないか」

そうかもしれません。

ピアノ教室の先生夫婦のW不倫に、謎のピアノの調律師。確かにピアノがキーワードになっていますけれど。

「まだ、大賀くんの〈嘘〉に結びつくかどうかはわかりませんね。何があるのかも」

「全然わからない。でも、大賀が四穂にも日曜にはカイルくんのところに行くというのは言ってあるのはわかった。そしてもうひとつキーワードになるもの、結びつくものがあったな」

「何ですか？」

禄朗さんが、人差し指を立てて外を示します。

「四穂から聞いてきたろう？　そのカイルくんの家は、俺も知ってるけれど〈小学校〉の目の前だ」

　あ、そうか。

「〈小学校〉も大賀くんの嘘のキーワードになり得るんですね」

「そういうふうに、思える。つまり、あくまでも俺の直感と推測に頼ったものだけれど、大賀は日曜に〈小学校〉で何かをするんじゃないか。親にも誰にも内緒にだ」

　小学校で。

「ピアノ、ですか？」

「そう結びつくかな」

「でも大賀くんはピアノは弾けません。じゃあ、その麻衣ちゃんっていう女の子も絡んでくるってことになりますね」

「そうなる」

　小学校で、日曜に、ピアノ。

「何をするんでしょう。ピアノを弾くんでしょうか」

「弾くだけなら、内緒にする必要はないだろうな。音楽室で弾かせてもらえばいいだけの話だ。使っていない放課後にちょっと弾くぐらいはできるんじゃないかな？」

「そうですよね」

　それぐらいはなんともないはず。

「さっき、ちょっと考えていたんだ」

「何をですか」

「これだ」

ホワイトボードに貼ってあったメモを取りました。裏側に名前が書いてあります。

〈瀬戸丸郁哉〉

「瀬戸丸さんという名字の人は確かにいる。ググってみたけれどね」

「いるんですね」

「でも、珍しい。ごく少数だ。そんな珍しい名字の人がボランティアで調律をしに来たというのがどうにも気になって考えてみた」

「何をですか」

禄朗さんが、ホワイトボードに書き出します。

〈せとまるいくや〉

ひらがなです。

「偽名じゃないか、と」

「偽名」

「ミステリでよくある、アナグラムというものじゃないかな、とね」

アナグラム。

文字を並べ替えるもの。

七　もしも〈怪盗セイント〉なら

文字を並べ替えて、別の言葉を作ることをアナグラムと言うのは知っています。

ミステリの中のトリックとかだけじゃなくて、小説家にはペンネームを作るときにそうしている人もいるって聞いたことあります。

「それは、この〈せとまるいくや〉という名前のひらがなを並べ替えると、誰か他の人の名前になるってことですか?」

禄朗さんが、ゆっくり頷きました。

「瀬戸丸郁哉。〈せとまるいくや〉。珍しい名字ではあるけれど、名前としてはごく自然だ。でも、〈珍しい名字〉の人が〈ボランティアで突然現れた〉という点がどうしても気になった。それでふと思いついてこれを並べ替えてみると、こうなったんだ」

言いながらホワイトボードに書いた文字は。

〈やくるませいと〉

やくるませいと?

「やくるませいと。あ、」

矢車聖人。

「セイさん！」

〈マンション矢車〉のオーナーであり、〈花咲小路商店街〉の名物男の一人。イギリス人としての名前は、ドネィタス・ウィリアム・スティヴンソンさん。

「まぁ〈ぐ〉の濁点を取る形にはなるけれど、それはアナグラムにおいては許容範囲だと思う。だから、〈瀬戸丸郁哉〉はぴったり〈矢車聖人〉になるんだ」

「なりますね」

びっくりです。

「ただの偶然だと思うかい？」

「思えません、ね」

そんな偶然があるなんて。

「でも、それってどういうことになるんですか？」

どこの誰かわからないボランティアの調律師さんの名前が、入れ替えるとセイさんの名前になったからって。

「本当に単なるすごい偶然だってなったらそれまでですよね？　まさか同一人物なんてことはないですよね」

セイさんは、正確なお年は知りませんけれど、たぶん七十代後半ってとこです。もうすぐ八十歳ぐらいになるはずです。

山田先生は、調律師さんはお年を召した方だとは言っていましたけれど、六十代か七十代だと。

「年齢が違いますし、山田先生もきっとセイさんのことは、お顔と名前ぐらいは知っているはずですけれど」

たぶん知っています。見たことあるはずです。

小学校に勤務する先生たちもよく〈花咲小路商店街〉で買い物をしています。セイさんはほぼ毎日商店街を歩き、買い物をして、あちこちのお店の人たちやお客さんたちと話をしています。以前に会ったときにも言ってましたが、それは健康のためとボケないためだと。人は、人とコミュニケーションを取っていないと体の機能が低下していくものなのだよ、と。だから、セイさんの姿を商店街で見るときにはいつも歩いているか、誰かしらと話しています。

禄朗さんが、うん、と頷きながら少し唇を歪めました。

「ユイちゃんはもちろん、うちの商店街にあの石像が出現したときの騒ぎは知っているよね？」

「知ってます」

まだ中学生でしたけれど、新聞にも載ったのでわかります。

「〈怪盗セイント〉のことも知ってるね」

「少しですけれど」

あの石像を盗んだイギリスの怪盗セイント。

石像をあそこに置いたのも、そのセイントだって話ですけれど、国際的な事件になりそうだったのに、結局は何かいろんなことがうやむやになって石像はずっとここにあって〈花咲小路商店街〉の名物になっています。これを観に海外からの観光客がやってくるぐらいです。

「商店街が寂れずにずっと活気があるのも、結局はあの石像騒ぎがあったからですよね。本物でも偽物でも、どっちにしても本当に〈怪盗セイント〉がやったことなら感謝状でも贈りたいぐらいだって」

商店街の人たちが皆そう言ってるのも知っています。

「セイさんが、実はその〈怪盗セイント〉じゃないかって疑われたのも」

「はい」

帰化はしていますけれども同じイギリス人で、おそらくは年齢も同じぐらいだということで、セイさんが本当に疑われたそうですけれど、イギリスの元警察官の人の証言で、結局は別人だってことが証明されたとか。

「俺は、ちょうど石像騒ぎが落ち着いた頃に、セイさんと真夜中にバッタリ会って話したことがあるんだ」

深夜の二時頃だったそうです。

電車もとっくに終わっていますから。その時間の商店街は人っ子一人通りません。

でも、石像騒ぎがあってからしばらくの間、不審な人物がうろついていたり、石像のケースを破壊しようとした跡があったりしたので、夜の見回りを商店会の人たちが交代でやっていたのです。

「俺が夜中に見回っていたときにね、セイさんがちょうど〈グージョンの五つの翼〉のところに立っているのを見つけてさ。セイさんはお年寄りだし商店会のメンバーでもないから見回りチームには入れていなかったんだけれど、個人的にできるときにはやってくれていたんだ」

そのとき、禄朗さんは久しぶりにセイさんと会ったので、ベンチに座ってあれこれ話したんだそうです。

今回の騒ぎの顚末《てんまつ》や商店街のこれからの話や、その他にも人生についてなどいろいろと。

禄朗さんは、訊いたそうです。

『セイさんは実は本当に〈怪盗セイント〉なんでしょう?』って。それは、元警察官としての勘の部分もあったそうです。

そもそも、こんな石像展示を仕掛けるというのは、ここに長くいなきゃできるはずがないことだからと。

「セイさんは、さすが元警察官だねって笑ってさ。『実はそうなのだよ禄朗くん。私が本物の怪盗セイントなのだが、皆には内緒にしておいてくれたまえ』って悪戯《いたずら》っぽく微笑みながら言って、ウインクをしてみせたんだ」

そのセイさんの仕草も言葉も自分に言われたように目に浮かんできます。

渋くて、カッコよくて、そしてチャーミングなセイさん。

もちろん、冗談で言ったのだとはわかりましたけれども。

「禄朗さんは、そのセイさんの冗談の言葉に」

「そうだ」

禄朗さんは、大きく息を吐いて、言います。

「その言葉のどこにも嘘はなかった。冗談だろうとジョークだろうと、嘘の言葉か本当の言葉かは俺にはわかる。セイさんは、本当の言葉しか言ってなかったんだ。つまりそれは」

「〈怪盗セイント〉はセイさん」

そういうことになります。

もちろん、あくまでも、禄朗さんの嘘の言葉がわかるというのがそのときも当てはまってのことですけれど。

「〈怪盗セイント〉は、変装の名人でもあったという話もあるそうだよ。誰もその本当の姿を見たことがない。だから、実際の年齢よりも十や二十ばかり若い人物になりすますことなんか、朝飯前なんじゃないかと思うんだが」

変装の名人。

「では、セイさんが、まったく別人の扮装をして、調律師さんになって学校のピアノを調律していったたってことですか？」

「そう考えても、全然不自然じゃない。〈怪盗セイント〉がセイさんだと知っている俺の中ではね」

確かにそれなら不自然ではないんでしょうけれど。

「それは、セイさんが本当に〈怪盗セイント〉だってわかったたってことは、今まで誰にも言ってなかったんですよね。嘘がわかるって誰にも言っていないんですから」

もちろん、って禄朗さんは頷きます。

「言ってないし、この先も言うつもりはないさ。たとえイギリスにいた頃に〈怪盗セイント〉であったとしても、セイさんは、セイさんだ。俺が生まれる前からずっとここに住んでいる、優しくて楽しいおじさんだ」

そうですよね。

「きっと商店街の皆が、そう思ってるよ。セイさんが〈怪盗セイント〉じゃないかって疑われたときからね。そうであろうとも、セイさんはセイさんだって」

仮に警察とかに追われたとしても、全力で味方をする。匿ったり、逃亡を手助けしたり。あるいは何か訊かれたとしても、とことん素っとぼけてセイさんを守る、と。

そうなんだろうなと思います。私みたいな生まれながらの商店街の一員ではない新参者でさえ、セイさんのことは好きです。

しかし、そのセイさんが〈怪盗セイント〉が、調律師になりすましていたのだとしたなら。

「その技能も身につけているんでしょうね。少なくとも学童保育の教室のピアノは本当にきちんと調律されていたんですから」

たぶんな、と、禄朗さんは言います。

「随分昔だけど、商店街のお祭りのイベントでキーボードを弾いている姿は見たことある。本当にプロ並みの演奏をね。だから当然ピアノも弾けるはずだ。確か、セイさんの家にはピアノもあって、一人娘の亜弥ちゃんもずっとピアノをやっていたはずだ。芸術関係には何でも相当詳しい人だから、ピアノの調律も実はできるのだよ、と言われても俺は納得してしまうな」

〈怪盗セイント〉ならそうなのかもしれません。

どんな不可能なことも可能にしてしまう、だから文字通りの怪盗なんだと、誰かが言っていました。

「でも、もしも本当にセイさんが調律師になっていたんだとしたら、なんでそんなことをしたんでしょう」

それはもちろん、と、ピアノを弾くような手つきをしました。

「ピアノをきちんと弾かせるためなんだろうと想像する」

「きちんと」

「今までのキーワードを全部足して考えてみると、【大賀は、日曜の小学校で、大人たちには内緒で、麻衣ちゃんにきちんと調律されたピアノを弾かせる】ということになる。何故そこまでしてピアノを弾かせるのか、最終的な目的はまったくわからないが」

調律が狂っているピアノを弾くこと自体、ピアノをやっている子にとっては本当にイヤなものです。

それは、よくわかります。

「麻衣ちゃんに、きちんと調律されたピアノを学校で弾かせるために、大賀くんが大人たちには内緒でセイさんに頼んだってことになるんでしょうか」

「あくまでも、想像で、キーワードを繋ぎ合わせたらそういう話になるってことだ。大賀はもちろんセイさんを知っているし、セイさんは、どう言えばいいかな、商店街の子供たちにとっては昔から優しくて頼りになる味方なんだ」

「味方」

「俺たちの親の世代だって地主だった矢車家の当主であるセイさんのことを何かと頼りにしていたし、そういうのを肌で感じてきた子供たちにとっては、近所に住んでいる大ボスって感じだ。ゴッドファーザーみたいなね。昔の話だけど、親と喧嘩して家出してセイさんのところに転がり込んだ子供だっていたよ」

「え、そんなことが。誰ですか」

「内緒だぞ。韮山《にらやま》の柾《まさき》だ」

〈花の店にらやま〉の柾さん。双子のお兄さんの方。

「そんなことあったんですか。柾さんって今おいくつでしたっけ」

「確か、五歳ぐらい下だったかな。俺が小学校六年生のときに一年生だったはずだから」

双子の柾さんと柊《ひいらぎ》さん。とにかくイケメンの二人で、お店にいると文字通り花を背負ってキラキラと輝くようで凄いんです。二人を目当てにしてお花を買いに来る若い女の子たちだってたくさんいるぐらい。

「もしもセイさんに頼んだのだとしたら、セイさんもその大賀くんの目的に賛同してやったってことですよね。つまり、良いことなんですよねきっと」

「そうだと思う。そして決して危険なことでもないんだろうな」

「仮にそうだとしたら、じゃあどうしてセイさんは名前のアナグラムなんて、言ってみれば証拠みたいなものを残したんでしょうか。〈怪盗セイント〉は何ひとつ証拠を残さない、完璧な怪盗なんですよね」

「そこなんだ」

禄朗さんが、ホワイトボードに書いた〈矢車聖人〉の名前をくるっと丸で囲みます。

「瀬戸丸郁哉が矢車聖人のアナグラムじゃないかって気づいたときに、もしも本当にそうなら、これはひょっとしたら大賀の企みに繋がっていて、そして放っておいていいことなんじゃないかって」

「放っておいていいこと？」

「たぶん、何かあったとしても、セイさんが何もかも後始末してくれるんじゃないかな。そうじゃなきゃ、こんなアナグラムのような〈証拠〉を〈怪盗セイント〉が残すはずがないって、俺も思ったんだ」

じゃあ。

「わざと、ですか？　誰かが瀬戸丸郁哉は矢車聖人のアナグラムだってことに気づいてもいい。気づかなくても、本当に何かあったら自分からバラせばいい、私が関わっていたんだと言う、そのための証拠って感じでしょうか？」

「そうだと思うんだ。俺が気づくぐらいだから、きっと他にもこれに気づく人はいる。もしも危ないことをしているんならそんなことするはずがない。だから、バレてもいい、良いことをしているんじゃないかって」

「むしろ、バレることを前提に考えているんでしょうか」

言うと、なるほど、と禄朗さんが少し考えます。

「そうだな。バレることを前提にして、実は私が手を貸したんだ、その証拠に名前のアナグラムみたいなものを残した、とセイさんが名乗りを上げる、か。確かにその方がスッキリするね」

バレることを前提にした、行動。

「え、でもそんなことをすると〈怪盗セイント〉がセイさんだと皆にわかってしまうんじゃ」

「そこまではバラさないんだろう。大騒ぎになってしまう。あくまでも〈瀬戸丸郁哉〉が〈矢車聖人〉のアナグラムを使った偽名であり、あの人物は私の知人なんだとセイさんが言えばそれで済むこと」

そうか。

「そうですね。〈怪盗セイント〉のことまでバラす必要はないんですものね」

「セイさんの変装だ、なんて俺は想像したが、ひょっとしたら本当にただのセイさんの知人かもしれない。その可能性の方が高いっちゃあ高いかもしれない」

大賀くんの目的に、セイさんが手を貸した。

麻衣ちゃんに、学校でピアノを弾かせるために。

「大賀くんは何をしようとしているんでしょうか」

「そうだな」

禄朗さん、うーん、と唸って、下を向きます。

「セイさんに訊けば、全部話してくれるかもしれない。今の想像が全部勘違いでもなかなか面白かったよと笑って済ませてくれるだろうけどな。どっちにしても日曜まで待つしかないかな。作戦の終了を」

作戦。

まさしく作戦なのかもしれません。

「それが本当に無事に終われば、全部話してくれそうですね」

「話してくれるし、ユイちゃんが言ったようにバレることが前提の作戦なら、日曜にでもすぐに耳に入るんじゃないかな」

日曜日まで、悶々《もんもん》としそうですけれども。

「確かに、ここまで考えておいて何も確かめないというのも気になってしょうがないが、それこそ大賀のためにはしょうがない」

本当に、その計画か作戦が、無事に終わってくれるのを祈るのみ、でしょうか。

☆

何事もなく土曜日が過ぎていき、日曜日が来ました。

禄朗さんの入院中は休業していて、再開して最初の日曜日。

あまり凝《こ》った中身ではありませんけれど〈たいやき波平〉のサイトもありますから、店主が戻ってきて通常営業になりますと告知はしてありました。

そのせいもあったのかどうか、それまでの日曜と同じように、午前中から近所ではない遠くからやってきてくれるお客様が大勢いました。

歩けない禄朗さんはスツールに座ったままひたすらたいやきを焼くことに専念して、私がお客様をさばいていきます。小さな店ですから、本当に二人でちょうどなんです。三人もいると狭くなって余計に動けなくなってしまうから。

町の外からやってくるお客様はほとんど〈たいやき〉を買って帰る人で、店の中に入って座ってたいやきやあんみつを食べていくのは、ほぼ近所の人たちです。

座って食べていく方にお冷はもちろん無料ですけれど、お茶はちょっと良いものを常に使っているので十円プラスになります。

たまにお茶だけ飲んで帰っていく商店街の人たちもいますけれど、そういうときには裏メニューとしてあんこをディッシャーで取った〈あんこ玉〉を一緒に出して、二十円いただきます。

お客様のためにキャッシュレス決済にも対応したいのですけれど、まだ検討中でお支払いは現金のみ。それでも特に不自由はありません。

クルチェがお店に入ってきたりしないようにゲートを一応は置きました。でも、特に悪戯をすることもなく、お店と居間の間のゲートのところでこっちをじっと見ながら大人しくしていたり、そのまま眠ったり、ときどき家の中を走り回ったり。

猫の毛が入ってきたりしないように、空気清浄機を置いたり、仕込みするところにカーテンを吊るすなどの工夫ももう少ししようと話していました。

昨日の土曜日もそうでしたけれど、商店街の人たちが、禄朗さんの退院祝いだと顔を出してくれます。それにお礼を言って、禄朗さんがたいやきを焼きながら、会話をします。

本当に何気ない、普通の会話です。

どれぐらいで歩けるようになるの？

結婚式はいつになりそうなんだい。

アンパイアができないのは残念だけどなぁ。まぁまた来年だよ。

もし手が足りなくて困ることがあったらいつでも言ってきてね。

何か足りないものはない？　買ってくるから言ってね。

などなどなど。

お礼を言ったり、返事をしたり。それから最近の景気の話をしたり、商店街のイベントについての話をしたり。

私が聞いている分には、ごくごく普通の会話です。でも、禄朗さんはもう三十年以上も、その中に〈嘘の言葉〉を聞いてきてしまっていた。

それを知って、どんなにか辛いことだったんだろうと痛感しました。本当に何でもない会話なのに、そこに嘘を感じてしまったら。

私だったら、本当に誰とも会いたくなくなるでしょう。一生誰とも話したくなくなる。

禄朗さんは、私の言葉には嘘がまったくないと言いました。自分ではまったく意識はしていませんでしたけれど、改めて思いました。

これから一生、禄朗さんに対しては正直でいようと。今までもそのつもりでしたけれども、どんなささいなことでも隠したりしないようにしようと。

日曜日は、お昼時がいちばん暇になります。

やはり、お昼ご飯に甘いものを食べようという人はあまりいないからでしょう。

ですから、飲食店としては珍しいでしょうけれど〈たいやき波平〉のお昼ご飯は普通に十二時過ぎぐらいに済ませるのです。

お客様も途切れて、お昼の支度をしようと思った十一時五十分です。

暖簾をくぐって、セイさんがやってきました。

「やぁ、ロキュロウくん、ユイちゃん」

いつものように三つ揃いのスーツを着て、ステッキを持ち、もう片方の手には何か袋を提げています。セイさんは日本語は完璧にペラペラなのですけれど、言葉によっては英語訛りのような発音になるものがあります。

カ行の言葉がそうらしく、〈ろくろう〉が〈ロキュロウ〉と聞こえます。私の〈ユイ〉は日本語の〈ユイ〉ではなく、完全にアルファベットの発音で〈Yui〉と。

「セイさん、いらっしゃい」

ちょっとだけ、驚いてしまいました。

この間からセイさんの話ばかりしていたせいです。いつも冷静な禄朗さんの表情にも少し動揺が見えたような気がしました。もちろん、ホワイトボードに書いた〈せとまるいくや〉の文字などのあれこれはちゃんと消してあります。

「お祝い、というには早いだろうがね。まだ足が不自由なのだから」

「いえ、もう大丈夫ですよ」

「〈バークレー〉のカレーを持ってきた。私の分も買ってきたので、お昼を一緒にさせてもらっていいかな」

〈バークレー〉のカレー。禄朗さんは大好きです。毎日晩ご飯はカレーでもいいぐらいの人なんですから。

「なんかすみませんわざわざ」

「なに、久しぶりにロキュロウくんとも話したかったたし、ユイちゃんとの婚約の祝いもしていなかったしね。それに」

セイさんが、店の奥の方を見ます。

「あの黒猫を飼い出したのだろう？　会いたかったしね」

あぁ、と二人で笑いました。クルチェも何かわかったのか、ゲートの向こうでちょこんと座ってこっちを見ています。

禄朗さんがクルチェをかばって怪我したときに私は一緒に走っていましたけれど、ちょうど向こうからセイさんも歩いてきて、転んだままの禄朗さんの様子がおかしいと助けに来てくれたのです。

ですから、実はクルチェを最初に抱っこしたのもセイさんなんです。

「名前はどうしたのかね」

「クルチェにしました」

クルチェ？　とセイさんは不思議そうな顔をします。しますよね。意味を説明すると、なるほど、と微笑みます。

「さて、まだ温かいうちに食べよう」

〈バークレー〉のカレーはお持ち帰りができるように容器に入っています。それを受け取って、禄朗さんはカウンターでスツールに座ったまま。

私は、カウンターの中から出てセイさんの隣に座りました。

「いただきます」

良い香りのするカレー。たいやき屋にカレーの香りが漂うのもちょっと変ですけれど、すぐに香りは抜けていきます。

「まぁお祝いもあったというのは本当なのだがねロキュロウくん」

「はい」

「説明をしに来たのだよ」

「説明？」

禄朗さんに向かって、セイさんが微笑みながら頷きます。

「大賀くんの件でね」

眼を大きく開いてしまいました。

大賀くんの件って。

「え、それは何でしょう」

セイさんが、カレーを食べてまた微笑みます。

「とぼけなくても大丈夫だよ。ある筋から、と言ってもすぐにわかってしまうだろうから言うが、ホキュトから話を聞いてね。ロキュロウくんが不思議な質問をしてきたと」

ホキュトは北斗さんですね。

「これは、ホキュトが悪いわけではないんだ。たぶん内緒にしておいてと頼んだのだろうが、ホキュトがバラしたわけではない。たまたまなのだが、ロキュロウくんがホキュトに電話をしていたとき、私は〈松宮電子堂〉で買い物をしていたんだ。仕事に使う材料をね」

セイさんのお仕事は、モデラーです。模型を造る人。その業界では世界的にも名を馳《は》せた人だそうです。

「聞き耳を立てていたわけではないのだが、ロキュロウくんからの電話だというのはすぐにわかった。そして〈小学校〉や〈内緒〉や〈調律〉〈こっそり〉などという単語が聞こえてきたのだよ」

禄朗さんが、少し驚いた顔をします。

「それで、わかったんですか」

「わかるとも。ロキュロウくんがホキュトに何か調べてほしいと頼んだのだな。そしてそれは〈内緒〉で〈こっそり〉のことで〈小学校〉や〈調律〉に関することだと。そうなれば、もうそれは大賀くんの件でしかあり得ない。君は大賀くんの叔父なのだからね。どこかで事前にバレるとすれば、それはたぶん大賀くんの身内からだろうと思っていたからね」

事前にバレる。身内から。

やっぱり。

「じゃあ、大賀が今日、小学校でピアノを使って何かをやると思っていたんですが、それをセイさんが計画して手助けしたのは間違いなかったのですね？」

ニヤリ、と、セイさんが笑みを見せました。

「やはり何もかもわかっていたのだね。さすがロキュロウくんだ。君が調べ始めたのならあっという間に全部わかってしまうだろうと思っていたのだが」

私を見ます。

「もちろん、ロキュロウくんが元警察官だというのは知っているね」

「はい」

「とてつもなく優秀な警察官だったというのも」

頷きます。禄朗さんからしか聞いていませんけれども。

「私も、知っていたのだ。知り合いの警察官から聞いてね。ロキュロウくんが交番勤務の時代に、とんでもない捜査能力を発揮して日本警察史上類を見ないほどの検挙率を誇っていたのだとね」

そんなに、だったのですか。そこまでは聞いていませんでした。

「何故そんなにも凄かったのか、どうして辞めたのかなどは私は知らないし、訊こうとはしないが、大賀くんの計画が漏れるとしたら、そんなロキュロウくんにだろうな、とは思っていたのだよ」

大賀くんの計画。

セイさんが、壁に掛けてある丸時計を見ました。十二時を過ぎました。

「もう皆も撤収した頃だろう」

撤収。

「大賀ですか?」

そうだ、と、セイさんが頷きます。

「今頃はもう小学校から、すぐ向かいのカイルくんの家に戻っているだろう。そしてお昼ご飯はカイルくんの家で食べることになっているそうだよ。ちなみにカイルくんの家は今日はご両親が用事があって出かけていて、子供たちのために」

ひょいと、スプーンを持ち上げます。

「カレーライスを作って置いてあるそうだ。皆で食べているだろう」

「皆ということは、大賀の他にピアノを弾いたのであろう麻衣ちゃんとカイルくん？」

「他にも翔平《しょうへい》くんと美奈《みな》ちゃんがいるらしいね。皆仲良しの仲間たちだそうだ」

仲良しの、五人、ですか。

「その五人が、セイさんの立てた作戦通りに、今日何かをしたんですね？」

いいや、と、セイさんは首を横に振りました。

「私は、フォローしただけだよ。ほぼ全ての作戦を立案したのは、大賀くんだ。ロキュロウくん、君の甥っ子は天才かもしれない。実に将来が楽しみだ。彼が何かで成功するときを私が見られないかもしれないのは残念だがね」

天才、ですか。

確かに、プログラミングなんかもこなしてその片鱗《へんりん》は見せているとは思いますけれど。

「何をしたんですか大賀は一体。セイさんがフォローしているということは、いけないことではないとはわかっているんですが」

うむ、って感じでセイさんは頷きます。

「全ては、麻衣ちゃんのためだ」

「麻衣ちゃんの」

「おそらくもうわかっているだろうが、麻衣ちゃんの境遇については知っているね？」

「聞きました。不倫と、離婚の件ですね？」

そうだ、と、頷きます。

「私も大賀くんから聞かされて、後から調べてわかったことだが、麻衣ちゃんはピアノの才を持っていたようだ。かなり将来有望だと、その不倫と離婚でどこかへ行ってしまったピアノの先生は思っていたようだ。実際、凄かったらしいね」

「そうなのですか」

ピアノを習い始めた子供たちの中には、光るものを持った子はけっこうたくさんいるそうです。それは私も聞いたことがあります。

けれども、その光るものがさらに大きく輝きを放つためには、環境がもっとも影響するのだと。すなわち、習う先生や家庭環境。何かが足りないと、その光るものはただ光を見せただけで終わってしまうことがほとんどなのだとか。

「麻衣ちゃんには確かに光るものがあった。それは本人もわかっていた。しかし、環境は失われた。離婚したお母さんと暮らし始めた麻衣ちゃんには、ピアノもなくなってしまった。習う環境も失われた。そしてまた、新しい環境すら用意できない。お母さんは、決して裕福ではないのだよ。シングルマザーとして、つつましい生活しかできないのだ」

思わず、溜息が出ます。悲しくなります。親の勝手で、どれだけたくさんの子供たちがその光るものを失ってしまうものか。

私もそうだとは言いませんけれども、親が離婚したことの影響がどれだけあるかは、よくわかります。

「大賀くんも、麻衣ちゃんのピアノの才能をよくわかっていた一人だったのだな。絶対に彼女に再びピアノを与えたい。環境を整えたい。そのためにはどうしたらいいか」

セイさんが、人差し指をピンと立てました。

「大賀くんは、ひとつの方法を思いついたのだよ。そのために用意したのは、ハトと調律師だ」

ハトと、調律師？

八　大賀のミッションとは

ハトと、調律師を用意した。

「まぁ、実際にその二つを用意したのは、大賀くんに頼まれた私なのだが」

セイさんが。

「調律師の〈瀬戸丸郁哉〉という名前はアナグラムで、〈矢車聖人〉になると気づきました。やっぱりセイさんが調律師になりすましたか、もしくは他の誰かを〈瀬戸丸郁哉〉として用意したのですね？」

禄朗さんが訊くと、セイさんは、さすがだ、と笑いました。

「やはりもうそれから解いていたのだね」

「いや、そんなに難しいものじゃないですよ。〈瀬戸丸郁哉〉の名前がアナグラムではないかと疑えば、セイさんの名前を知っている人間なら誰でも辿り着きます」

いいや、と、セイさんは首を横に振ります。

「そもそもアナグラムではないか、という発想をすること自体が推理することに慣れた人間でないと無理なものだ。そして〈瀬戸丸郁哉〉という名前に違和感を持たなければ、誰もそんなことを考えない」

「普通は、他人の名前に違和感なんか持ちませんよね」

どんなに珍しい名前だろうと、そういう名前の人なんだな、と思って終わりです。私が言うと、セイさんもその通りだと頷きます。

「偶然でしかないので自画自賛するのも何だが、多少珍しい名字だけれど〈瀬戸丸郁哉〉は実に自然な名前になったのにそう感じるとは、やはりロキュロウくんは独特の感覚を持っているのだろう。仁太くんや淳くんもそういう感覚を持った人間だが、その上を行く。つくづく警察官を辞めたのはもったいないと思ってしまうが」

セイさんが、禄朗さんを見ます。

「今更辞めた理由をほじくり返そうとは思っていないが、自分の意志で辞めたのは間違いないのだよね?」

禄朗さんが頷きます。

「もちろんです。自分で決めたことです。誰かのせいとか、何か変なものが介在したとかじゃないです」

「安心した。実は長いことそれが気になっていてね。かといって私が確かめるようなことでもないのでずっと訊けなかったのだが」

気になっていたのは、セイさんが〈怪盗セイント〉だからでしょうか。

もしかしたら、以前禄朗さんと話したときに、正体を見抜かれた、ということをわかっていたからでしょうか。

「そう、調律師の〈瀬戸丸郁哉〉だったね。私も実は調律はできるのだが、さすがに自分で変装して行くのも大げさだろうし、バレたときのいいわけに少し困ると思ってね。知人にやってもらったのだよ。もちろん、その知人は本当の調律師だ」

「校長先生の知り合いという話も聞いたのですが」

「それは建前上だ。校長先生には、調律師として子供たちへの無償の贈り物をしている人間ということで、多少感動的なお話を作って話を持ち掛け、知り合いという形にすることで許可を貰ったのだよ。その辺りは、まぁ後で揉めるようなことには決してならないから心配いらない」

やはりきちんとした調律師の方だったのですね。セイさんもカレーをそろそろ食べ終わります。禄朗さんはもう全部食べてしまいました。

「セイさん食後はお茶かコーヒーにしましょうか。それとも紅茶を」

イギリスの方ですから、いつも紅茶を飲んでいるという話は聞いていますけれど。

「あぁありがとう。カレーの後はコーヒーがいいね」

「禄朗さんも？」

うん、と頷きます。と言ってもうちは食堂ではないので、普通に家庭用のコーヒーメーカーで落とすコーヒーですけれど。

「さて、お客さんが来て話ができなくならないうちに本筋の話だが、私が大賀くんから頼まれたというのは、これだ」

セイさんが胸ポケットから自分のスマホを取り出して操作して、何かの画面をこちらに向けました。

〈ダビッチェル国際ピアノコンクール・イン・アジア〉

これは、知っています。

「ピアノのコンクールですね？」

コンクール、と、禄朗さんも思わずといった感じで呟き、そうか、と頷きました。スマホの画面を覗き込んでまた頷きます。

「これは、最初から〈動画審査〉のコンクールですね」

動画審査だったんですね。そこまでは知りませんでした。

「その通りだ。もちろん年齢別で小学生の部門もある。私もコンクールの名前自体は聞き知ってはいたが、そこまでは知らなかったのだがね。国際の名の通りに、業界ではそこそこ有名なコンクールのようだ。たとえ小学生の部門であっても、ここで優勝でもすれば確実に才能のある子としてその世界に名を響かせることはできる」

動画審査のコンクール。

「じゃあ、大賀くんのその作戦というのは、麻衣ちゃんが弾くピアノの動画を撮って、ここに応募するためのもの、ですか」

「麻衣ちゃんの動画を応募して、小学生の部門で優勝でもすれば、今のピアノが弾けない習えない環境を誰かが何とかしてくれるかもしれない。きっとしてくれる。そう考えたんですね大賀は？」

そうだ、と、セイさんが頷きます。

「そのために、大賀くんは最初から完璧なミッションを計画して、私のところに、自分たちではできないところだけに協力してほしいと言ってきたのだよ」

それが、ハトと調律師。

ハトというのがまだわからないですけれど。

「まず、そもそもこれは〈動画審査〉であるから、最初の段階ではお金はまったく掛からない。子供だけでも〈動画〉さえ撮って応募すればそれでオッケーなものだ。保護者の名前などもただフォームに打ち込んでいくだけだからね。書類の提出なども親を通さなくてもできてしまう」

「けれども、その〈動画〉には明確な条件があるんですね？」

「その通りだ。まずもって、応募には〈グランドピアノ〉を使用することだ。アップライトや電子ピアノではできない。そしてもちろん他に何の音もしない静かな環境下で、規定の曲を規定の角度から撮った動画を応募すること」

グランドピアノのみ。それは全員の演奏の音色を統一して不公平にならないようにするためなのでしょう。アップライトピアノとグランドピアノでは全然音色が違ってきますから、不利が生じてしまいます。

「しかし麻衣ちゃんは、グランドピアノを弾ける環境になかった。そして今の環境でグランドピアノを弾けるとしたら」

「通っている小学校のものだけ」

「その通りだ。小学校にグランドピアノは二台ある。体育館のステージの奥と、音楽室だね。しかしその二台とも調律は狂ってしまっている。まぁ小学校の音楽の授業の時間に使う分にはさして支障はない狂いだが」

「コンクールに応募するためには、調律しなければなりませんね」

大賀くんたちにできるはずもありません。

そして、親や大人たちにも頼めないと思ったんでしょう。麻衣ちゃんのお母さんに言ってもお母さんを苦悩させるだけでしょうし、他の親にしたって他人の子供のことです。そんなお節介はこっそりとはできません。

だから、セイさんに頼みに行った。

確かに、そんなことを頼めるのは、セイさんしかいないと思います。

「調律さえできていれば、後は静かな環境で課題曲を弾き、それを規定通りに動画に撮るだけだ。動画は、今はiPhone一台で素晴らしいものが撮れるからね」

「しかし、大賀はiPhoneは持ってないはずですね」

「大賀くんも麻衣ちゃんもiPhoneは持っていないが、カイルくんが持っていたので問題ない。そしてきちんと編集して所定のサイトから動画を応募することは、大賀くんにとっては朝飯前なのはわかるだろう」

簡単でしょう。大賀くんはプログラミングができるぐらいに、コンピュータにもネットにも精通しているはずですから。

　禄朗さんが、体育館のピアノと呟いてから、大きく頷きました。

「そうか、用意したハトというのは体育館にこっそりと入って演奏するためだ。そうなんですね？」

　セイさんも頷きました。

「日曜日ならば学校に子供たちはいないから基本的には静かだ。しかし、グランドピアノがある音楽室は、図書室や学童の教室にも近いから日曜でも人が来てしまう可能性がある。そして教室の戸が開けっ放しであれば、いろんな音が漏れ聞こえてくる」

「人の少ない学校は音が響きますよね」

　子供たちがいれば音は吸収されますが、人がいないとコンクリート製の校舎は本当に音が響いていきます。

「そう。従って音楽室は録音するには不向きだし、ピアノの音がし出すと誰かが見にきてしまうだろう。その点、日曜日の体育館なら校舎から離れているから周りの音も聞こえてこないし、暗幕を閉めてしまえばピアノ程度の音は外に漏れていくこともほとんどないし、誰も入ってこない」

「体育館の開放があったとしても、それは決まって午後から。午前中、しかも早い時間帯なら確実に誰も来ない、ですね」

大賀くんはそこまで考えて、計画を立てていった。

「こっそりと体育館に入るのに、ハトがどう関係してくるんですか？」

私が訊くと、セイさんがにやりと微笑みます。

「最初に聞いたときには、思わず膝を打ってしまったよ。考えてみたまえ、体育館に偶然入り込んでしまったハトを逃がすためには、どうしたらいいと思うかね？」

ハトを逃がすには。

飛びまわったり、天井の梁《はり》に止まってしまったりしたハトを網などで捕まえるのはほぼ不可能です。

人間にできるのは、長い棒を使ったり、あるいはぶつかっても怪我をしないような柔らかなボールを使って、ハトを追い立てて。

それですか。

「体育館中の扉や窓を開け放しておいて、そこから自分で出ていってもらうしかありません」

「その通りだ。私が用意したハトを、大賀くんは自分たちがいるときに体育館に放した。そして先生を呼びに行き、自分たちも手伝って体育館の全ての扉と窓を開けて回ったのだよ。そのときに」

「あそこだ。用具室の窓ですね？」

禄朗さんが手を打って言います。

「あそこは体育館の裏側で、しかも外には木が並んでいるから周りからは完全に死角になっている。そこからこっそり入れれば、誰にも見つからないで体育館に入っていけるんだ」

体育館の裏側。

確かにそうです。

「大賀くんは、ハトを逃がす騒動に紛れて用具室の窓の鍵を外しておいた。もちろん、ハトを逃がした後に先生たちがチェックするときもわからないように工夫してね」

「どうやったんですか？」

「そこのところは私も知らなかったが、あそこの窓のところには棚があって、普段は鍵の部分が見えないようになっているらしいね。そして用具室の扉の鍵はいつも開いているのは確認済みだ。無論、全部大丈夫かどうかは、前日の土曜日に確認しておいた。すなわち調律師とハト。この二つさえクリアすれば、彼らが体育館に忍び込んで麻衣ちゃんがピアノを弾き、それを録画するミッションは完璧にこなせるのだよ」

「それらを全部大賀が考えたんですか。一人で」

その通り、と、セイさんが頷きます。

「まさしく大人顔負けだ。いや大人しかいないのならこのミッションはクリアできるはずもない。何故なら用具室の窓は小さくて、大人が出入りするのは相当に苦労するだろう。関節を外せる器用な人でもいない限りは」

「身体の小さい大賀たちなら簡単ですね」

きっと外から窓に手が届かないこともクリアするために、予め外に台なんかも用意しておいたんでしょう。

凄いです大賀くん。

でも。

「いくら体育館でピアノを弾いても音が届かないと言っても、何かの拍子に職員室にいる先生に聞こえてしまったら」

日曜日でも、先生はたまに職員室にいるはずです。

「そこはユイちゃん、きっとカイルくんだろう」

禄朗さんが言います。

「カイルくん？」

「カイルくんの家に入ったことはないが、場所はわかる。ああいう家の子供部屋は大体は二階だろう。あそこの家の位置なら、二階の窓から双眼鏡でも使えば職員室の中は手に取るように見えるはずだ。誰かがいたらすぐに体育館にいる大賀たちに連絡して、見つからないようにすることもできる」

そうか。確かに。

「でも、連絡するにしても、大賀くんは携帯なんか持っていないのに」

「他の誰かが持っていればオッケーだろうし、あの距離なら玩具のトランシーバーでも届く距離じゃないかな。もしくは使っていない携帯でも誰かに借りてあれば、Wi-Fiが届けば連絡は取れる」

そういう手もありますか。

「さらに、もしも職員室にいる先生が動き出して、体育館に向かおうとしたのなら、学校に電話をすれば簡単に阻止できるだろうと考えていたよ」

「電話、ですか」

セイさんがスマホをいじります。

「このコンクールの小学校四年生までの課題曲は、時間にして二分半だ。もしも弾き始めたときに誰かが職員室にいて、その音が聞こえ、何事かと立ち上がったらすぐにカイルくんたちが職員室に電話をすればいい。どこかの親のふりをして適当な話をして一分か二分、職員室に引き止めればそれでいいのだ。その間に演奏を終えて、さっさと窓から外へ出ていけばいい」

確かに。電話が来たら先生は絶対に出なければなりません。

「きっとそれも想定して、どういう会話をするかもあらかじめ考えて練習しておいたんだろうな。ひょっとしてカイルくんやその他の、えーと翔平くんと美奈ちゃんだったか。その三人は演劇とか朗読とかが得意なんじゃないのか」

セイさんが頷きます。

「そうらしいね。カイルくんなどは劇団に入っていると聞いたが」

劇団。

子役とかやっているんでしょうか。

「そして電話の声を大人の声に変換するなんてことも、大賀のことだ。簡単にできるんじゃないかな」

「できると言っていたよ。余裕らしい」

思わず大きく息を吐いてしまいました。

本当に、完璧なミッションです。

私だって思いつけるかどうかわからないものを、まだ四年生の大賀くんが、友達と一緒に。

緑朗さんが、笑みを浮かべて首を横に振りました。

「我が甥っ子ながら、とんでもない奴だな。将来どんなふうになるものだか」

本当に。セイさんに天才とまで言わせたのもわかります。

「それを全部終えて、今頃はご飯のカレーを食べて、皆でアリバイ作りのカードゲームでもしてるんでしょうかね」

「そうだろうね。何か問題が起こったのなら私に連絡するといいと言っておいたが、連絡は何もない。ということは、ミッションは成功したということだろう。念のためにちょっと確認してみよう」

セイさんがスマホをいじります。

「カイルくんのiPhoneにだ。彼はＬＩＮＥもやっているらしい」

ＬＩＮＥの着信音がしました。

セイさんが、うん、と頷き微笑みました。

「無事終了とのことだ」

画面をこちらに向けました。これは、カイルくんのLINEなんですね。何かわからないキャラクターがOKサインをしています。

それから【後でタイガが電話します！】と。

「応募の締切りにはまだ余裕がある。大賀くんのことだ。録画した動画もさらに良くするために、デジタルで音のチューニングや雑音の消去といったところまで手がけるのではないのかな」

「あり得ますね」

加工するのは違反でしょうけれど、音を良くするためのチューニングならきっと問題ないでしょう。

セイさんが、コーヒーを飲んで腕時計を見ました。

「さて、もういい時間だ。そろそろお客さんも来るだろう」

いつもなら、十二時半になる頃にはお客さんが来始めます。

「疑問に思ったであろう大賀くんの行動の種明かしは以上なのだが、どうかねロキュロウくん。この後のことを叔父として見守ってくれるかね。私としてもぜひとも見守りたいのだが、いかんせん赤の他人であり、私が手を貸したことはバレなければその方が確実に良いのだが、アンパイアとしては、どう判断してくれるかな」

アンパイアですか、と、禄朗さんは苦笑いします。

「まずは、セーフでしょう」

セーフです。

「叔父として、甥っ子のためにここまでしていただいて、感謝します。本当にありがとうございます」

「そんなことはいいのだ。問題は、この後のことだ」

応募はこれから。

「コンクールに応募して、この後の審査に通れば、ですね」

「一次で落ちてしまったのならば、もうそこまでだろう。その連絡は大賀くんのところに来るのだろうから、今回やったことが親にバレることもない。麻衣ちゃんのピアノに関しても、諦めてもらうしかないのだろうが」

確かに、一次で落ちたというのならそこまでのものだったということでしょう。

でも。

禄朗さんが、考えています。

「決して誰かにアウトと言われないように、サポートしてあげなきゃいけないですね」

セイさんも、深く頷きました。そうしてあげてほしい、と。

日曜日は比較的早くお客さんが途切れます。なので、誰も来なくなったら六時で営業を終了します。終了しても店の中にはいますから、その後でもしもお客さんが来たのなら、七時ぐらいまでは対応しています。

今日は五時過ぎにはぱったりとお客さんが途切れたので、六時にはもう暖簾を仕舞いました。

後片づけをして、掃除はまだ禄朗さんはできません。私が全部やりますから、禄朗さんには休んでいてもらいます。

もしも大賀くんが顔を出したのなら、いろいろ聞こうと思っていたのですが今日は来ませんでした。

「どうするかな」

居間への上がり口に腰を掛けて、寄ってきたクルチェを抱っこして禄朗さんが言います。

大賀くんのことですね。お客さんがいる前では話し合えませんでしたから。

「どうしますか」

「麻衣ちゃんのピアノが一次で終わってしまったとしても、大賀たちの麻衣ちゃんのピアノへの思いをそのまま無にしてしまうというのもな」

「そうですよね」

友達のために、麻衣ちゃんのピアノが素晴らしいと感じているその気持ちと、麻衣ちゃんのピアノへの思い。

そういうものを、そこで終わりにしてしまうというのは。

「私もピアノをやっていましたから、ピアノ教室をやっている先生なら、知り合いにいないことはないんですけれど」

「そう。俺もだ。同級生にいるんだ」

「あ、そうなんですか」

禄朗さんが、頷きます。クルチェがとん、と禄朗さんの手から飛び出して、奥の方に走っていってしまいました。

「結婚して、何だったかな、朝河《あさかわ》さんになったんだったかな。自宅をピアノ教室にしてやっている。彼女に、麻衣ちゃんをそこで習わせてくれと頼むことは全然何でもないことなんだが」

「当然、月謝は、お金は掛かりますからね」

「そうなんだ」

そのお金を誰が出すんだ、という話になります。出せるものなら、きっと麻衣ちゃんのお母さんはどこかで習わせていたはずです。それもできないのであろう暮らしぶりなんですから。

それは、もしもコンクールで優勝してしまったとしても、同じことです。

続けるための大いなる要因にはなりますけれど、誰かがお金を出してくれるわけではありません。

「とんでもない才能を秘めていて、どこかの誰かが、優勝したんだからうちで無償で練習しよう、なんて言ってくれるっていう」

「都合のいい話になってくれればいいですけれど」

「ならないよな普通は」

なりません。そういう可能性はゼロではないでしょうけれども。

「きっと一次は通るんだろう。そんな気がする」

「私もそう思います」

そうじゃなければ、大賀くんたちが必死になるはずもありません。

「二次審査にはまたグランドピアノを弾かなきゃならない。そのときに、同じようなミッションはもうできないだろう。そこは、何とかしてあげよう」

「禄朗さんが」

「せめてコンクールが終わるまででも、良い先生にもつけてあげたい。優勝する可能性を少しでも高めるために」

「四穂さんと、篤さんに言わなきゃなりませんよね」

大賀くんの親にずっと内緒でというわけにはいきません。

「そこは全然大丈夫だ。篤さんも、四穂だってきちんと話せば、そういうことなら一生懸命応援して、やれることは何でもやってあげなさいって言うさ。問題は、麻衣ちゃんのお母さんだ」

麻衣ちゃんのお母さん。佐々野乃梨子さん。

自分が不倫をしていたせいで、麻衣ちゃんのピアノの道を閉ざすことになってしまったんですよね。

「どうするか、だ。何はともあれ、乃梨子さん、だったか。彼女と会って話をしなきゃならないだろうけど、その前に彼女のことを全部知りたいな。どういう女性なのか。何せ、俺たちは単に不倫をしたお母さんってことしか知らないんだ」

確かにそうです。

「相対する相手のことを、知り尽くさなきゃ作戦は立てられない。かといって、こそこそやるのは、ルール違反だ」

ルール。

「正々堂々、ルールに則って戦うんだ。まぁ戦いではないけれども」

「そうですね」

アンパイアは、ルールが第一。

「まぁ、有名な言葉に『俺がルールブックだ』というのはあるけれども」

それは、聞いたことがあります。

「とりあえずは、大賀に会って、それから四穂だな。同じクラスなんだから、乃梨子さんのことは四穂にまず聞くのが筋ってものだろう。まずは、そこからだ。大丈夫。何とかなるだろう」

九　娘の相手は元警察官でたいやき屋でアンパイア

離婚したって、娘は娘だ。

俺の血を分けた子供だ。たとえ離婚して離れ離れになってからもう十五年が経ったとしても、娘は娘だ。

って言ってもだ。

自分ではそう思っていても、世間様的にはあんまりというか、そうそう通用しねぇってのはわかってる。いや娘であることは間違いないんだろうけれど、離婚して離れて暮らすようになってもう十五年経っているのに、って言われちまうよな。

そして離婚した後もぐだぐだ元妻といろいろ揉めちまって、娘の顔も見られないで何年もまともに顔を合わせてもいなくてさ。養育費なんかは一応は支払っていたものの、刑事の安月給じゃあ、本当に雀の涙ってもんだった。

そうなんだよな。離婚して十五年だ。

別れたときに小学生だった娘も二十三歳にもなっちまっている。いやまだ二十二だったたか？

あ、二十四だったたか？

とにかく、もう大人の女性になっちまっている。

どうして俺の娘にこんな才能が、って思っていたぐらいに才能に溢れた娘だった。勉強もできたし歌も上手いし絵も上手かった。将来は歌手か画家かってぐらいに。

そう思っていたのに気がついたら身体まで鍛え上げてライフル射撃なんてもんを始めてしまっていた。あれよあれよという間になんとオリンピック代表にまで選ばれて、オリンピックに出ちまった。

びっくりだ。

残念ながら金メダルは取れなかったけれども銀メダルは取った。本当に大したもんだと思うよ。

まぁ、射撃ってのは集中力だ。そういう意味では、小さい頃から絵を描いていてそういうのは凄かったってのは、わかる。真剣に絵を描き出すと、いくら声を掛けても気づかないぐらいだったからな。

一応、俺は警察官で射撃訓練なんかもしているからな。銃を撃つってのは、どういうことかってのは、わかる。

技術とか体力以上に、一瞬の集中力が大事なんだ。

まぁ、スポーツはほとんどがそうかもな。野球なんかもそうだと思うぞ。ボールを投げるときも、バットで打つときも、いちばん大事なのはその一瞬の集中力だ。

もちろんピッチャーもバッターも、やってるときは集中している。気なんか散らさないし逸らさない。しかし勝負を分けるのは、ピッチャーならボールを手放すその一瞬。バッターならボールを捉えるその一瞬。

そこの、集中力。

そこが勝負の分かれ目なんだ。

射撃で言えば、引き金を引くその一瞬だ。

そこさえピッタリと合えば、ボールは唸りをあげるしバットは快音を残すし、弾は的に向かって一直線だ。

仁太の野郎がとんでもない射撃能力を持っているってのは、その一瞬の集中力がハンパないからなんだ。あいつは撃つ前にどんなにヘラヘラしていてもその引き金を引く一瞬の集中力が、たぶん常人の百倍ぐらいになる。

話を聞いたら、撃つ瞬間にあいつは見ている世界が全部スローモーションになるように感じるそうだぜ。

全部が、まるで十分の一ぐらいのスピードになっているって感じるそうだ。つまり、一秒間が十秒間ぐらいになるってことだな。そりゃあもう、どんな撃ち方したって的に全部当たるさ。その凄さを目の当たりにした俺にはよくわかる。

娘も、ユイもそういう集中力を持って生まれたんだな。仁太には及ばねぇとしても。

その娘が、ユイが、結婚を決めたって。

大人になったとはいえまだ二十三、四の若さで。

いやその前に別れた嫁が、亜由子《あゆこ》が再婚するっていう。

それは、いい。お目出度いことだ。そして嬉しいことだ。さっさと俺なんかよりもいい男と再婚してくれればいいってずっと思っていたんだが、なかなかそんな話は聞こえてこないで、一人でユイを育てていて。

まぁ看護師という手に職があったから暮らしは何とかなってきたんだろうがな。そしてユイが学校も卒業して一人立ちするってところで、どうやら幸せを見つけたらしくて、それは本当に良かった。盛大にお祝いしたいところだったが、元夫にそんなにお祝いされても亜由子もそして新しい旦那も困るだろうから、一言電話するだけに止《とど》めておいたが。

それは、いい。

そしてユイが結婚を決めたってのも、まだ若いと思うがそれは人それぞれだからいいとしても。

相手が一回りも上ってのはどうなんだ、と。

三十七にもなったおっさんってのは。

〈たいやき波平〉はもちろん知っていた。そういう店があるってのは。

生憎と甘いものはあんまり得意じゃないんで、もう十何年も〈花咲小路商店街〉に通っていて一度も入ったことがないし、食べたこともなかったんだが。

そこを継いだ宇部の禄朗。

しかも、元警察官だったたっていうのは。

電話は、貰っていたんだ。ユイから直接。

〈お父さん、結婚しようと決めた人がいるの〉って。

びっくりしたよ。いやいつかはそんな日が来るとは思っていたが、まさか馴染みの〈花咲小路商店街〉の店の人間だとは。そして、〈ちゃんと紹介したいから、会える日を教えて〉ってさ。

会える日たって、店はほとんど休みなく営業している。そしてこちらもほとんど休みはあってないような感じで仕事を、捜査をしている。非番や休日の日がたまたま〈たいやき波平〉の定休日に重なった、なんてことはそうそうない。

そのうちにユイは、怪我をしちまった禄朗のために宇部家に泊まり込みで店を手伝うなんてことになっちまって。

〈ずっと店に、宇部の家にいるから〉ってさ。

結婚前の娘が、いくら婚約したからって男の家に泊まり込みで働くなんていうのは。

なんてことは言えないんだよな。

娘とはいえ、離婚して離れて暮らしていた身だ。しかも、母親である元妻も同意の上だ。

その母親ももう新しい夫と一緒に住んでいて、そこには一応ユイの部屋もあるが、ユイも継父と一緒に母親の新婚家庭に住む気はないようだし、何よりもユイはもう成人した立派な大人の女性だ。

何をしようが、本人の自由だ。

それで、たまたまだ。

たまたま今夜は手が空いた。抱えている案件も夜中まで駆けずり回るようなものはない。そしてユイが宇部家に泊まり込むようになって数日経っている。

〈たいやき波平〉の営業は午後七時まで。それから向こうは晩飯だろう。そこに顔を出せば、じゃあ一緒に晩ご飯でもってなるだろう。

晩飯は誰が作るのか。たぶんユイなんだろう。あの子は料理も得意、のはずだ。そう聞いている。ユイの手料理なんて、食べたこともない。とにかく器用な子だったからな。何でも一度覚えれば器用にこなしてしまえるんだ。

飯を食いながらなら、少しは間が持つんじゃないか。一回り以上も上の、ユイの夫になる男との会話も。

だから、店が閉まる直前に電話したんだ。〈向田商店〉の旨いトンカツでも買って持っていくから、飯を食いながら話を聞かせてくれって。

何がどうしてどうなって、結婚を決めたのかって。別に文句とかそんなものは言わないからってさ。言える立場でもないし。

それに、どうしても気になることがあったから。

訊きたいことが、確認したいことがあった。

元警察官としての、宇部禄朗くんに。

初めて中に入ったが、〈たいやき波平〉は良い店だ。

昭和の時代からまるで改装もしていないように見えるクラシカルな家なのに、清潔感が漂っている。レトロ風味とかそんなのじゃなく、きちんと毎日手入れをしているから何もかもが、変な表現だが生きている家って感じだ。

事件なんか追っていろんな家に入るが、そう感じることは多いんだ。死んだ家と、生きている家ってな。人気《ひとけ》がない家と、ある家だ。人気がないってのは、誰も住んでいないって意味じゃなく、住んでいるんだろうけど、家が死んでいるんだ。

そういう家には、犯罪が伴うことが多い。まぁそもそも犯罪が起きたから俺たちが足を踏み入れてるんだが、そういうふうに感じるんだ。

宇部家は、生きている。人がきちんと生活をしている家だ。まぁそれだけで、宇部禄朗くんはちゃんとした男だってのは、なんとなくわかる。

店の奥の家の中もそうだ。これはマジで建てた当時のものに一切手を入れていないのだろうに、どこもへたってはいない。しっかりしている。建てたのはよほど腕のいい大工で、しかもきっちり金を掛けたのに違いない。豪華なものを使ったのじゃなく、しっかりした材料をきちんと使ったんだ。

そして、今どきちゃぶ台で飯を食うなんざ久しぶりというか、ひょっとしたら初めてじゃないか。

「古いちゃぶ台だな」

「いつのものかはわからないんですが、父の生まれる前からあったそうです」

じいさんばあさんの時代からか。となるとやっぱり昭和初期のものがそのまま使われているんだろう。

宇部禄朗くんは、なるほど生真面目を絵に描いたような男だ。

そして、元甲子園球児で、それからもずっと身体を鍛えているんだろう。ガタイがいいんじゃなくて、全身の筋肉がしっかりついている。細マッチョってやつだな。

アンパイアっていうのは、特に野球の審判は、サッカーの審判と違ってまるで動かないから身体を鍛えなくてもいいだろう、っていうのは間違いなんだな。

プロであろうとアマであろうと、野球の試合は二時間も三時間も続く。その間、アンパイアは立ちっ放しだ。そして、常に集中力を保たなきゃならない。頭も身体も両方限界まで毎試合使うのが、アンパイアだ。ある意味、試合をやっている選手たちよりも過酷な商売なんだ。

鍛えているんだろう。心と身体の両方を。

前に聞いたことがあるが、野球のアンパイアの、特に高校野球の審判の心構えっていうのには厳しいことが書いてあるそうだ。

曰《いわ》く〈高校野球は教育の一環であり、野球を通じて将来日本の社会に役立つ立派な人間を育て上げることを大きな目的としています。〉〈我々審判に携わる者は、優秀な審判技術の持ち主であると同時に、高校野球らしさを正しく教える指導者でなければなりません。〉

そんな感じにな。

禄朗くんは、いかにもそんな感じの青年に見える。商店街の皆から、堅物って言われているのもわかる。

トンカツを買っていくと言って持ってきたら、当然のように細切りキャベツを山のように用意してあった。そして豆腐と葱《ねぎ》のシンプルな味噌汁に、ポテトサラダもたくさん。

「これ、うちのじゃなくて宇部家のポテサラよ」

「宇部家の?」

家庭でポテトサラダを作ると、その家独特のものはよくあるよな。

我が家で、かつての権藤家で昔出ていたポテサラは亜由子の実家、つまりお義母さんが作られていたもので、リンゴのスライスが入っていた。初めて亜由子の手料理でそのポテサラを食べたときには、リンゴか、とちょっと驚いた。

「うちのは、母親が作っていたもので、マカロニがたくさん入っているんですよ」

「マカロニか」

そりゃ珍しいな。いやマカロニサラダも旨いよな。

「たくさん食べるとお腹一杯になるから気をつけてね」

確かにな。むしろこのマカロニ入りポテトサラダとトンカツだけでももう白いご飯はいらないぐらいだが。

「あの、権藤さん。改めまして」

治っていないから足を伸ばしたままの禄朗くんが、すみませんと言いながら姿勢を正そうとする。

「あぁいい、いい」

そんなのは、いらない。

「父親っていってもずっと離れて暮らしていた父親だ。そんな義理は果たさないでいいから。結婚でも何でも好きにやってくれ」

「いえ、それでも」

真面目だな。

本当に真面目な男なんだな禄朗くん。

「ユイさんと、お付き合いして、結婚を約束しました。どうぞ、よろしくお願い致します」

娘さんをください、とは言わなかったってのもまた真面目だな。離れて暮らすようになって十五年も経つ父親にはそんなセリフは却《かえ》って申し訳ないだろうってことだろうさ。短くていい。飯が冷めなくて助かる。

「こちらこそ。まずはよろしくお願いします」

幸せにしてやってください、なんて言える立場じゃない。親が離婚した子供という境遇を与えてしまったろくでもない男だ。

「それで、だ」

まだ背筋を伸ばしている。

「いやもう楽にして飯を食おう。腹が減った。そして、まずは、と言ったのは訊きたいことが山ほどあるからなんだが、食べながら話してくれよ。そう思ってこんな時間に来たんだ」

いただきますを、揃って言う。

「まずはユイ」

「はい？」

「禄朗くんと知り合ったのはいつで、どうして付き合って結婚を約束することになったんだ。つまり、なれそめを聞かせてくれよ」

俺は、まったく知らなかった。

聞けば、商店街の連中はユイと禄朗くんが付き合い出した頃から知っていたっていうじゃないか。どうして足しげく、と言っても主に〈和食処あかさか〉に飯を食いにしか来ていないんだが、商店街に通っていた俺が知らなかったのか。

ユイが、箸を持ちながらちょっと恥ずかしそうな表情を見せて、小首を傾げる。そういう顔は子供のときのままだな。

「なれそめと言われても、初めて〈波平〉に来たのは中学生のときだったから、初めて禄朗さんと知り合ったのはそのときになっちゃうし」

「そうなのか」

そうか、学校の帰り道に商店街に寄るのは全然普通だったか。

「じゃあ、たいやきとかもう食べていたのか」

「食べていたよ。普通に。禄朗さんとも、お店の中で食べるときにお話しとかしてもらっていたから」

　そうだね、というふうに禄朗くんも頷く。

　まぁ、そうか。お客さんと店主か。

「恥ずかしいけれど、言ってしまうと、その頃から私はもう禄朗さんのことが好きだったから」

「え、そうだったのか」

　そんなに早くからなのか。幼い恋というか、中学生の頃に恋をしたのが禄朗くんだったってことなのか。

「まさかよぉ、禄朗くん。お前さんもその頃からユイを、ってことは」

「いいえ」

　思いっきり首を横に振ったな。

「いえ、こうなってしまってこうやって否定するのもなんですが、そのときユイさんは中学生。僕は二十半ばも過ぎたおじさんですよ。そんなこと、欠片《かけら》も思っていませんでした」

「良い子だな、ぐらいには思っていたんだよな?」

「それは、もちろんです」

　力強く頷いた。

「何度も来てくれて、そして話すようになればその人のことはわかってきますよね。ユイさんのことを悪く思う人間などいないでしょう。その頃からずっと正直で、真っ直ぐな心根の女性です」

うん。その通りだ。

本当にユイはそんな女の子なんだ。まぁ真っ直ぐ過ぎて、思いが強過ぎて少し暴走気味になっちまうようなところはあるようなんだが。

あ、すると。

「アプローチっていうか、そういう気持ちを伝えたのはユイの方だってことか？」

ユイが、また恥ずかしそうに頷いた。

「高校卒業したときには、もう」

好きです、なんて伝えたのか。告白したのか。そうだ、大人しそうな顔はしてるんだがそういうところ、ハートが強いよな。そういう子だよな。

そうか。

「それで、まぁ短大も卒業して自分の母校でコーチとして働き出してから、大人同士として付き合い出したってことか。まさか未成年のうちに手を出したなんてことは、ないいな」

この禄朗くんに限っては。

「ありません」

堅物で女嫌い、なんて話も出てきた。この年になるまで浮いた噂のひとつもなくて、ユイと付き合い出したときには周りの連中が本当に驚いたって話も聞いた。

そんな男がな。

まぁ、見たらわかる。二人は、似合っている。並んで座っているが、そこに違和感みたいなものは何も、ない。そういうのは、大事なんだ。

二人と顔を突き合わせて食べる飯が旨い。そう感じるってことは、良いってことだ。何も心配することはないってな。

だが、もうひとつだけ。

「これだけは訊きたかったということがあるんだが、禄朗くん」

「はい」

驚いた。そして、疑問に思った。疑問なんてもんじゃない。人生で最大に驚いたことかもしれなかった。

「全然知らなかったんだが、君は、元警察官だった。警察学校を出て交番勤務になった」

「はい」

何を訊かれるか、もうわかったという顔をしているな。

「けれど、二年で辞めてしまった。辞めて〈たいやき波平〉を継いだ。しかし、警察官を辞めるまでの二年間で、二百二十八件もの検挙をしていた」

ユイが、少し眼を丸くした。驚いたように。

「知らなかったのか?」

「たくさん犯人を捕まえたのは聞いてた。でも、そんな数までは知らなくて」

そうか。

「単純計算で、三日に一件は犯人を検挙していたことになっちまう。これは、とんでもないことだ。そんな統計は取っていないが、間違いなく日本の警察が始まって以来最高の数字だろう。今までも、そしてこれからも、そんな数字を挙げる奴は出てこないに違いない」

間違いなくそうだ。化け物みたいな数字だ。

「伝説の警察官、なんて言ってる奴の気持ちがわかる。俺もそう思ってしまうよきっと。そしてその伝説の警察官が眼の前にいるわけだが」

どうしたって、訊きたくなる。

「細かく調べることなんかできなかったんだが、その数字は職務質問して捕まえたってのがほとんどなのか？　片っ端から職務質問でもしていかなきゃ、それだけの数の検挙ができるはずがないんだが」

禄朗くんが、迷うように、表情を変える。

「正式、というか、職務質問に正式も裏もありませんが、きちんとした職務質問はほとんどしたことないです」

ない？

「じゃあどうやって犯罪者を見つけたんだ」

まだ、何かを迷っている。それこそ何か裏があるのか。

あるなら、そしてその裏ってものがとんでもないものなら、そんな権利はないが、娘との結婚など許せるはずもないんだが。

「ただ、カンです。そもそも職務質問の要件も〈異常な挙動その他周囲の事情から合理的に判断して何らかの犯罪を犯し、若《も》しくは犯そうとしていると疑うに足りる相当な理由のある者〉〈既に行われた犯罪について、若しくは犯罪が行われようとしていることについて知っていると認められる者〉と定められてはいますが、現場ではほとんどカンですよね」

そういうふうに決まっているが。

「まぁ、そうなんだがな」

「やっぱりカンなの？」

俺に向かってユイが言う。

「大きな声でそうだとは言えんが、そうだ」

言ってるがな。

「警察官ってのは、ある種のカンが働く奴ってのがいるんだ。もしくは警察官になってからそういうカンが鋭くなる奴がいる。やってるだろテレビでよく〈警察24時〉とかさ。パトロール中にすれ違っただけで『あいつ、なんかやってるな』って見抜いて職務質問するのがさ」

「やってる」

ああいうの、たまたま観るとついつい見入っちゃうよな。

「カンだよ。長年のというか、そもそもそういうのに鋭い人間がそうなっていく」

俺自身もそういうのが働くときがあるが。

「もしも禄朗くんがそもそもそういうカンが鋭かったとしても、だ。検挙に至るまでにはただのカンだけで行けるはずもない。しかもド新人の交番勤務の警察官が、だ」

「そうですね」

「何があった？　いや、どんな方法で引きずり出した？　そいつの犯した罪を」

自白が、いちばんだ。正直、証拠はその後の二番目でもいい。自白をさせて証拠を見つければ、逮捕ができる。それがいちばんの近道だ。

禄朗くんが、大きく息を吐いた。

それから、ユイを見た。

ユイが、頷いた。

ってことは、ユイはその理由を知ってるってことだな。

「ついこの間、ユイさんにも初めて伝えました。今まで、誰にも、親にも姉にも話したことはありません。知っているのは、今、ユイさんだけです」

ユイだけ？

「それを、話します。できれば、秘密のままにしてほしいです」

☆

嘘が、わかる。

その言葉の裏にある嘘を感じ取れる。しかも百パーセントの確率で。

信じ難いが、ニュアンスはわかる。俺たち警察官はそうだ。尋問したり職質したりして、こいつは嘘を言ってるな、ってのを感じることはよくある。

しかし、禄朗くんは発した言葉がピンポイントで嘘かどうかがわかるってか。

そういうことか。

「それで、二百二十八件の検挙か」

警察官を辞めてしまったのも、それが原因だ、と。

気持ちは、わかる。人を疑うというか、まず疑問を感じ取るのは警察官の資質のひとつだが、禄朗くんは疑問どころか嘘がわかってしまう、か。

人付き合いが悪いとか、堅物だとか、そう言われているのも、それで理解できた。キツイ人生を送ってきたなこいつも。そうか。

そしてユイと付き合う、結婚を決めたのも、それだと。十年以上見てきたユイの話す言葉に、ただのひとつも嘘がなかったからだと。

なるほど。

「わかった」

それなら、わかる。

安心したように、ユイが微笑む。禄朗くんも、小さく息を吐いた。

そして、思いついたように顔を上げた。

「権藤さん」

「うん」

「話してしまったので、そして信じていただけたので、ご相談したいことがあるんですが」

相談？

「何だ、その嘘の言葉がわかるってことでか？」

「そうです」

「刑事としての俺にか？」

「犯罪絡みなのか？」

ゆっくりと、頷く。ってことは。

「まだわかりません」

少し考えてから、言う。

「偽名を使って暮らしている人がいるんです」

「偽名？」

「いいえ、偽名かどうかもわかりません。ただ、その人が名乗っている名前が、〈嘘〉なんです」

名前が、嘘。

「つまり、偽名ってことじゃないのか？」

いや、違うか。たとえばペンネームとかは偽名であることには違いないが、ニュアンスが違うか。

「そうだとは思うのですが、でもその人はしっかりと社会生活を営んでいるんです。結婚して子供もいます」

　少し息を吐いて、顔を顰める。

「初めて会ったときに名前を聞いて、それが〈嘘〉だとはっきりわかりました。本当の名前を言っていない。でも、きちんと社会生活をしている。ずっと気になっているんです。果たしてこの人は何者なのか、と」

「嘘の名前を名乗って、きちんと暮らしている人、か」

　そういう人間は、いるだろう。

　本名を隠して暮らしている人間は、たぶん山ほどいるはずだ。

「だが、結婚して子供もいるのに、周囲にいる人には嘘の名前を使っているんだな？」

「そうです」

「そしてそれを気にしてるってのは、緑朗くんの近いところで暮らしている人ってことだな？　近いところで暮らしてはいるが、親しくはない。どんなふうに生きてきたかなんて過去のことはまるっきり知らない、と」

「そうです」

「さらに言えば、その人物が何らかの危険なことをするかもしれないっていうカンが働いているってことか？」

　いいえ、と首を横に振った。

「そんなふうには思えませんでした。ただ、悲しい結末にならなければいいいんだけど、と心配になっているんです。不安です。子供もいる人なので」

悲しい結末、か。

嘘がわかっちまう、か。

難儀なカンを持って生まれちまったんだなこいつは。

「それを俺に相談したってことは、調べられないか、ってことか。俺がこっそりその人のことを。どうして〈嘘〉の名前で暮らしているか、を」

禄朗くんが、小さく頷いた。

「放っておこうとは思っていました。ただ、やはり自分の近いところにいる人なので、いざ何かあったとき、もしも正しい理由でそうしているのなら、助けられればいいな、と。こうして刑事である権藤さんにお話ししてしまったので、できるならその理由を」

そうだな。

どこまでも生真面目で、そして正しい判断をつけたいんだな。

「いいぜ。やってみよう。市民の安全を守るのも警察官の仕事だ。偽名でかつ真っ当に暮らしているってのは、確かに穏やかじゃあねぇ。犯罪に繋がっているかもしれない、とも判断できる」

それを調べるのは、正しく警察官の仕事だ。

「ありがとうございます」

「で、どこのどいつなんだ」

「僕の四番目の姉、五月は〈ゲームパンチ〉の宮下一磨と結婚しています」

それは知ってる。聞いた。

「そこの従業員である、野々宮真紀さんです」

野々宮真紀。

女性だったか。

「野々宮という名字に嘘はありません。結婚して名字が変わったのは、それとわかるので」

「旧姓との区別もつくんだな？」

「わかります。真紀という名前に嘘があります」

真紀、じゃない、と。

「従業員なら当然履歴書とか提出してもらって、雇っているんだよな？」

「そうだと思いますが、確認はしていません。僕がそんなことを姉に訊くのも、おかしな話なので」

確かにな。

「子供がいるって言ったな？」

ユイが頷いた。

「います。優紀くんです。そこの夜間保育園〈きぼうの森保育園〉に預けられているんです」

夜間保育園。

「シングルマザーなのか？　その野々宮真紀さんは」

「何か事情がありそうですが、そこまで詳しく知りません。姉のところで働いているとはいえ、数度顔を合わせた程度なので」

まぁ、そうか。

事情のある、若いお母さんが何故か偽名を使って暮らしている、か。

十　義弟の禄朗くんが二十年前に殴った男が

晴れた日には、必ず散歩する。ウォーキング。時間はその日によって違うけど、今日はこれからだ。

原稿は、さっき入稿したっていうメールが来た。これで唯一続いているシリーズ『異邦のゲーム騎士ども』の十一巻目は出る。確実に出る。

でも、次の目処は立っていない。

一応、別々のところに二つプロットは出してあって、二つともこれで書いていいとは返事を貰っているけれども本当に出してくれるかどうかはまだわからない。書き上げてその出来次第ではボツる可能性も大いにある。ラノベ作家宮野麿光司は、ほぼ崖っぷちにいるんだよね。

まぁどこからも執筆依頼とかそういう話が来なくなったら、そのまま消えるように引退しちゃってもいいなと思ってる。

引退しちゃってから、もしもとんでもなく創作意欲が湧いてきておもしろいと思ったものが書けたなら、今度はまったく別の形での、違うジャンルでの作家デビューを目指してもいいかなって。江戸川乱歩賞に応募しちゃうとかさ。小説家は何歳になったって別のジャンルから新人としてデビューすることが可能なんだから。

でもそれは儲かっていないとはいえ、一応ゲームセンター経営という本業があるから言えることなんだろうけど。

禄朗くんが退院して店を開けてから一週間が過ぎてる。

特に問題なくできているってことだし、ユイちゃんもすっかり仕事に馴染んでるって話だけど、寄ってみる。

家のお風呂に入れなかったら一緒に銭湯に行こうと思っていたんだけど、一人でも入れたから大丈夫だって。ちょっと残念。これをきっかけに禄朗くんと裸の付き合いができるかなと考えたんだけど。

いや変な意味じゃなくて。

きょうだいがいない一人っ子だったから、小さい頃からずっときょうだいが欲しかったんだ。弟とか妹。

結婚して、同じ町内の昔から見知っている人ばかりとはいえ、義理のお姉さんたちがたくさんできて、しかも皆さんとても強くてたくましいお義姉さんばかりで。いちばん末の妹と結婚した旦那さんの僕のこともすごく気にかけてくれて、それはそれでとても嬉しいし、法事のときなんかは全員揃って本当に賑やかになって、きょうだいができた嬉しさを味わえるんだけど。

唯一の年下で、しかも義弟になった禄朗くんとは男同士だから、それこそお兄ちゃん面をしたいんだ。義理とはいえ兄なんだからっていろいろ頼ってほしかったり、いちばん仲良くしたいんだけど、禄朗くんは本当に人付き合いが悪くて。

いや、言葉が悪いな。

人付き合いが悪いんじゃなくて、親しくなることを自ら避けているんだ。

それは、単なる性格とかそういうものじゃなくて、何らかの禄朗くんなりの理由があると、昔から思っているんだけどね。

いちばん年が近い姉である五月にも、結婚する前にそれとなく聞いてみたんだけど、そういう子なのよ、ってバッサリ切られてしまって終わりだった。単純に、人嫌いなのよあの子って。

野球やって甲子園に行ったぐらいだから、小さい頃から運動神経が良くて活発な子だったけれど、とにかく無口な子だったって。

別に人を避けるわけじゃなくて、きちんと話も聞くしコミュニケーションも取れるし、その辺はごく普通なんだけど、必要以上に他人どころか親きょうだいとも話そうとしない。一人になりたがるんじゃなくて、たとえば休みの日に一緒にどこかにレジャーに行ったりしたときも子供らしく楽しそうにしているし、普段の日でも居間で一緒におもしろそうにテレビを観たりするけれど、それで終わり。

人と会話をしようとしない。皆で楽しく話しているのにそこに参加しようとしない。自分に関係なければふい、とどこかに行ってしまう。

そういうのは確かに性格というのもあるのかもしれないけど、きっと何か誰にもわからない、言おうとしない理由があると思ってるんだよね僕は。

まぁもう禄朗くんも三十半ば過ぎた男。

今更どうのこうの言ってもそういうものは変わらないだろうけれども、誰もが驚いたユイちゃんとのお付き合いと、そのまま婚約という事件。いや事件じゃないけれど、本当に身内にしてみればそれぐらい衝撃的だった出来事。

これはきっときっかけになる、って感じたんだよね。

禄朗くんが、どうして人付き合いが悪いのか、そうなってしまったのか。本当に小さい子供の頃はそうじゃなかったって二葉さんや三香さんが言っていたから、その隠された理由みたいなものがこれから詳らかにされていくんじゃないかって期待があった。

いや、そんなのを勝手に期待されても禄朗くんも困るだろうけどさ。

だから、そんなことは言わないけれども。

午後二時を過ぎた。平日だからそんなに混んでいるはずもない。今日のうちの従業員へのおやつは〈ラレイユ〉のシュークリームを買っていくから、ここでたいやきは買わない。

いや〈波平〉の売り上げのために毎日買ってあげてもいいんだけど、いくらなんでも毎日たいやきがおやつじゃ飽きちゃうからね。

「どうもー」

暖簾をあげて、戸を開ける。

「いらっしゃいませ」

ユイちゃんの笑顔とよく通る声。

お客さんが一人だけいる。

あ、珍しい。ユイちゃんのお父さんだ。刑事の権藤さんだよね。ほとんど知らないし話もしたことないけど、何度か見かけたことはある。

そして、二人が結婚したら僕たち親戚になるんですよね。

で、一瞬、お店の中に何か微妙な空気が流れているような気がしたんだけど、何かあったのかな。

「一磨さん、散歩ですか」

禄朗くんが、何かを打ち消すような勢いで、すぐに訊いてきた。

「そう。お茶とたいやき一個貰えるかな」

「はい。あ、一磨さん」

ユイちゃんが言おうとする。

うん。わかってますよって頷いて見せた。

「刑事の権藤さんですよね。ユイちゃんのお父さん」

「お父さん、こちらそこの〈ゲームパンチ〉の宮下一磨さん。禄朗さんの義理のお兄さん」

あぁ、って権藤さんが立ち上がった。

「初めまして。ユイの父の、と言ってもご存知でしょうが随分昔に離婚してしまった、権藤隆《たか》文《ふみ》です」

「禄朗くんのお姉さんの五月の夫です」

どうもどうも、と、社会人で中年のおっさん同士の挨拶を。離婚してしまっても、父親は父親だよね。

「まだ少し早いんでしょうけど、これから親戚付き合いってことになりますね」

「そうなんですよねぇ。えーと、宮下さんはおいくつですか？」

「四十四になります」

じゃあ私の方が少し上ですねって。権藤さん四十七歳ですか。大学なら先輩後輩の間柄っていう年齢ですね。

「今日は、お休みですか？」

いや、って権藤さんが苦笑いする。

「ちょっとこっちに来る用事があったのでね。ついでに顔を出して、お茶を一杯飲んでから署に戻ろうかな、と」

ちょっと娘と婿さんのところに顔を出してってことですか。

あれかなぁ、前にちらっと聞いたことがある。権藤さんがユイちゃんの結婚に対して、なんか怒ったりしていたって。

そりゃあね、ユイちゃんはまだ二十三だし、禄朗くんはもうそろそろアラフォーっていう年だし。

年が離れているからね。怒ったり反対されたりするだろうなぁって気がしたけれども、離婚して十何年も経つ父親にそんなことを言う権利なんかないだろうって話もあるけれど。いや、何年経とうが父親は父親だよね。

って感じで、僕が来る前に何かこう、揉めていたというか、反対されているけれど結婚はするからね！　なんて言い争いがあったとかそんな感じだろうか。入ってきたときの、店に流れていた微妙な空気は。

「はい、お茶とたいやきです」

「あ、ありがとう。あれですか権藤さん」

ここは素直に訊いちゃおう。五月もというか、お義姉さんたち全員たぶん気にしてるだろうから。

「はい？」

「いや僕がこういう話をするのも何ですけど、権藤さん、禄朗くんとユイさんお二人の結婚には」

権藤さんが、ちょっと苦笑いした。

「いや、それこそ離婚しちゃって娘を育ててもいない父親がなんだかんだ言うのは筋違いってもんですよ」

ちらっと二人を見る。

「まぁ話を聞いたときには、ちょっと年が離れ過ぎだろうとか周りにいろいろ文句を言いましたけどね。禄朗くんはちゃんとした素晴らしい男性でしょうし、何よりもユイが決めたことですからね。それはもう、心から祝福するつもりですよ」

「そうですか。良かった」

本当に良かった。きっと五月もお義姉さんたちもホッとする。後で皆にＬＩＮＥしておこう。

いやでも、それならさっきの店に流れていた微妙な空気は何だったんだろう。

「ところで、宮下さん」

権藤さんが、少しだけ表情を変えた。

「はい、何でしょう」

「〈ゲームパンチ〉さんの従業員の皆さんは、もちろん宮下さんが面接をしてお決めになった方ばかりでしょうね」

「もちろんです」

え、その話題は、何だろう。権藤さんは確か詐欺とか、泥棒とか、そういうのを担当している刑事さんだよね。

「何かうちに問題ありましたか？」

「いやいや、そういう話じゃなくてね。ほら、交番の警察官が家々を回ったりしますよね。住民確認とかの台帳を作りに」

「あぁ、はい」

お巡りさんがね。台帳片手に回ってくることは、何年かに一回ぐらいある。

担当する地域の家庭の住民を確認して、何か起こったときに、たとえば災害とか火事とかそういうので安否不明者が出たときとか、すぐにそこに居る人たちの確認ができるようにっていうものですよね。

でも、話だとあれは全部の家庭を回るわけじゃないらしいし、住民確認だけじゃなくて、不審者の洗い出しなんていう側面もあるらしいけれど。でもそれはもう市民の安全を守る警察の立派な仕事の一環だ。文句を言うところでもない。

「もちろん宮下さんのところはご夫婦お二人だけ、っていうのはわかってますけど、ゲームセンターは若い子がたくさん集まるところですからね。従業員の皆さんのこともきちんと把握しといた方が、何かと警察としては安心というか。いや、そういう話をね。さっきそこの商店街の交番に寄ったときに、この〈花咲小路商店街〉を担当している警察官とまぁ雑談程度でしてからここに来たもんだから」

なるほど。

「そこにちょうど僕が来たんですね」

「そういう話です。いやもうなんかすみません。別にゲームセンターのことを悪く言うつもりじゃなくてですね」

いや、わかってます。そんな偏見は持ってないですよね。

ゲーセンがね、それはもう不良の溜まり場とかっていうのは何十年も前の話で、今は健全というか、ごく普通のゲーム好きな人たちがほとんど。

なんだけれども、それでもゲーセンにやってくる若い連中の、どう言うかな、問題抱えてる率みたいなものは、やっぱり高いかもしれないよね。警察としてはそこには不安を抱えますよね。

「まぁうちは小さいところで、従業員の年齢層も高いですし、全員で五人しかいませんからね。何でしたら、従業員の名簿だけでも提出することはできますよ？」

それぐらいは、全然何でもない。警察に住所と名前と年齢を出すだけならね。

「あ、今書けちゃいますよ。住所と名前だけでいいならスマホに入っているんで。年齢は、ちょっとあやふやですけど。メモでよければ書きましょうか？」

あー、って権藤さんが少し考えた。

「いやそこまでは考えていなかったんで。まぁ本当に世間話のつもりだったんですが、すぐに出てくるというなら、本当にメモ程度を預かっておきましょうか。それで私が交番に行って台帳に書き写してもらってからきちんと処分するってことで」

うん、それなら安心ですよね。もちろん権藤さんは信頼できる刑事さん。ちゃんと話すのは今日が初めてだったけれども、あの仁太さんとも互いに信頼し合った友人ですよね。そういうのは、聞いているんで。

「あ、じゃあ何かメモと書くもの」

「はい」

ユイちゃんが店の奥からレポート用紙とボールペンを出してくれる。

従業員は五人。もう全員何年もやってくれているベテランばかりだ。立嶋浩輔《たてじまこうすけ》くんと、坂上春名《さかがみはるな》さんと、吉野昭《よしのあきら》くんと、児玉光広《こだまみつひろ》さんと、そして野々宮真紀さん。

全員がしっかりとした、社会人だ。何も後ろ暗いところはない。まぁそれぞれにご家庭のささいな問題とか将来への不安とか、そういうのはいろいろ抱えてはいるだろうけれどね。

それは、どんな人でもそうだ。

☆

ゲームセンターをやっていてしかも自宅併設だと、一般的な家庭の生活サイクルとは大分違ってくる。

営業終了が午後十一時なので、それから場内点検して全部の機器の電源確認や売り上げ計算なんかして、終わるのはほぼ午前零時過ぎ。掃除機かけたり床拭きする大きな掃除は翌日の朝に回している。それをやるととんでもなく遅くなっちゃうからね。

もちろん、その前に晩ご飯は済ませてしまってお風呂も交代で入るようにしているけれど、やれやれ今日も一日終わった、って夫婦二人で居間で一息つくのはその時間から。テレビドラマとかそういうものは全部録画しておいたり、ネットで空いている時間にそれぞれで観るようになる。

実際、二人であれこれ話をするのは、朝食の時間と夕食の時間だけなんだよね。それ以外の時間はそれぞれで仕事をすることになるから。あ、事務所に二人でいる時間も、喋ると言えば喋るか。

さぁ、寝ましょうか、ってなるのは大体午前一時過ぎ。朝起きるのは午前七時半。朝ご飯を食べて朝の身支度をしたらすぐに全部の機器を拭いて磨く。人の手が触るものだから、脂がつくのでこれは絶対に欠かせないんだ。この機器の拭き掃除は開店中も頃合いを見て常に行う従業員たちの大切な仕事。

早番が来るのが午前九時なので、掃除機と床拭きはそっちに任せている。開店する午前十時前にはもう店内全部がピッカピカの状態になるように。

なかなか忙しいんだけど、まぁ開店しちゃったら後は意外とやることがないし、それに子供がいないから楽と言えば楽なんだよね。たぶん、僕のせいで子供はずっとできないだろうし、五月もそれをわかっている。

でも、その分身軽だから、甥っ子とか姪っ子とか、いろんな子供たちのために動けることはたくさんあるからね。

あぁそれと二人ともお酒を飲まないっていうのも、いろいろ大きいよね。もちろんお金もその分かからないし、いつでも白面《しらふ》で動けるし。

夜に飲むのは大体コーヒー。二人ともコーヒーで眠れなくなるっていうのはまったくない。むしろコーヒーを飲まないと落ち着かない。

「権藤さんね。良かったわね、偶然だけれどちゃんとお話しできて」

「うん、良かった。まぁ話したのが義兄の僕だっていうのはちょっとあれだけど」

「そんなことないわよ。あれよ、結婚の、婚姻届の証人とか私たちがするかもしれないわよ」

あ、そうなの？

「何で？」

「誰でもいいんだけれど、禄朗にいちばん近いのは私たちだからね。たぶん禄朗も言ってくるわよ。私たち夫婦にって」

そういうものかな。確かにユイちゃんの両親は離婚しているし、宇部の親は二人とも亡くなっている、か。

「全然オッケーでしょう？」

「もちろん」

いくらでも署名しますよ。

「一磨くん。明日って何も予定なかったよね。原稿はもう送ったものね」

「何もないよ？」

「〈きぼうの森保育園〉にお届け物お願いできるかな」

「いいよ。何持ってくの」

「お米。三十キロ。三袋」

おおう、三十キロ。なるほど、それは療養中の禄朗くんには頼めないね。

「四穂姉のところに届いているから車で持っていってほしい。何時でもいいから。ゆかりさんにはもう言ってある」

「了解。じゃあお昼過ぎに行ってくるかな」

大して仕事もしていない社長は何でもやりますよ。

そういえばお米も親戚だっていう農家さんからよく届くよね。保育園へ毎年けっこうな量のお米も差し入れしてる。あそこの食事は専門の業者さんが入っているけれど、食材がただで入る分には保育園としてはめっちゃ助かるよね。

「宇部家とさ」

「うん？」

「保育園の小柴さんところは深い縁があって、そういう差し入れとかよくやってるってのはわかってるけどね。本当のところどんな縁があって今もそういうことをしているのかは聞いてないんだけど、あんまり言えないこと？」

五月がちょっと眼を丸くする。

「言ってなかった？」

「聞いてないね。小柴家とは深い縁と恩があるんだってことぐらいしか」

そうねぇ、って頷く。

「ぶっちゃけ、私たち子供たちの代ではただ昔からの知り合いってことでしかないんだけど。副園長のゆかりさんは四穂姉の高校の先輩だしね」

「あ、じゃあ篤さんとも同じ先輩後輩だね」

「そうそう。でも単純に先輩と後輩っていうだけで、私たち子供同士には、もちろん仲良くはしているけど、そんなに深い縁があるわけじゃないんだ。簡単に言うと宇部家と小柴家は祖父同士が戦友だったの」

戦友。

そうか、お祖父ちゃんの時代だから戦争に行っているんだ。

「同じところで同じ戦いをして、小柴のお祖父ちゃんにうちのお祖父ちゃんは命を助けられたって。向こうに言わせるといやその逆で助けられたのはこっちだって話らしいんだけど、要するに恰好良く言えば、互いに背中を預け合って生き延びた仲だと」

「それでか」

「そうなの。二人共に生きて帰ってこられて、そしてお互いに家はすごく近くで商売をやっていて、生き延びたからにはこれから互いに助け合って生きていこうってやってきたのね。そこから、いろんなものを貸し借りしたり、余ったものを分け合ったりってやってきたみたい」

戦争かぁ。

もう僕らの時代の日本では映画やドラマの中でしか観ないものだけど。実際、祖父や曽祖父の時代にはリアルなものだったんだよなぁ。

「それで、次の世代の私たちの親同士はね。翔子《しょうこ》さん、園長さんね。うちの父とは小学校からの同級生だし、亡くなった旦那の泰明《やすあき》さんも高校からの同級生。うちの母親も含めて四人はまるであの時代の青春ドラマのような日々を過ごしてきたんだって」

「えーと、あれだ〈若者たち〉とか。若大将とか、坂本九《さかもときゅう》ちゃんの映画とか」

一応小説家だから詳しいよそういうものには。

そうそう、って五月も嬉しそうに頷く。

「それはもう楽しそうに話していたのよあの人たち。自分たちの若き日のことを。だから、まさしく恩とそして縁で結ばれてきたのが宇部家と小柴家なのね」

だから今もお互いの商売を助け合いというか、そういうことを、か。

「まぁ宇部家の商売はね、ちっちゃくなってたいやき焼いていればそれでオッケーだからあれだけど、小柴さんはね」

「確か、昔は工場をやっていたよね。金属加工の」

「そう、元々の〈小柴金属〉は泰明さんが亡くなって他と合併吸収されちゃって別の会社になったけど、翔子さんが始めた夜間保育園はね。商売ではあるけれども、地域や社会貢献の部分も大きいじゃない。それはもうしっかり応援しないとって私たち姉弟、子供たちの世代も全員思ってるから」

なるほど。そういういきさつがあって、今に至る、か。

そういう宇部家の四姉妹は、それぞれに〈花咲小路商店街〉の店主と結婚して、深い繋がりをもって皆で助け合って頑張っていこうという気概があるからこそ、宇部家が商店街の裏ボスだなんて言われるんだな。

まぁ〈ゲームパンチ〉はその職種から、花咲小路商店会からは一歩離れる立場ではあるんだけど。

全然関係なく過ごしているってことはないけれどね。

「まぁ、でも」

五月がちょっと首を傾げる。

「宇部家の跡継ぎである禄朗は小柴さんとは何の縁もないしね。姉さんたちの子供たちも保育園には入らなかったし。私たちの世代でこの繋がりも終わりかなぁなんて思ってはいるんだけど」

そうなるかね。

「でも、あれじゃないかな。禄朗くんがその気になって〈たいやき波平〉をもっと大きな和菓子の店にするとかなってさ、そして二人に子供ができてその子を〈きぼうの森保育園〉に入れるとかなったら」

「あぁそうね。そうなったらまた新しい繋がりができて、楽しいかもね」

☆

〈きぼうの森保育園〉は夜間もやってる保育園ではあるけれど、もちろん普通に昼間の保育園でもある。だから、朝から夜中まで子供たちの声が響いているんだここは。

子供の声って、いいよね。まぁ相手をする保育士さんとかにしてみれば騒がれたりするのは大変なんだろうけど、子供たちが騒いでたり喋りながら遊んでいるその様子って、なんだかずっと見て聞いていられる。

あぁここには未来への希望しかないって思っちゃうよね。たまにこうやってお届け物を持ってきたりするけれども、来る度に、子供たちの元気一杯な姿を見る度に思う。この子たちが全員健やかに育っていきますように、そして幸せな人生を歩んでいけますようにって。

駐車場の収容台数は少ないから簡単には停められない。なので、すぐ近くのコインパーキングに一旦停めて、そこから台車にお米を三袋載せて転がしていく。台車はもちろんうちにあるやつ。けっこうゲーセンでは台車でものを運んだりもするからね。わかりやすいものではクレーンゲームの景品の入れ替えのときとかさ。

ゲートのところでインターホンを押す。

(はい、どちらさまでしょうか)

「どうも〈ゲームパンチ〉の宮下です。宇部さんからのお届け物のお米を持ってきました」

(あ、はーい、ご苦労様です。どうぞー)

中でカメラで確認してくれて、カチンと音がしてゲートが開く。

その昔はどこもこんな厳重なことはしていなかったんだろうから、何ていうか、どうしてこんなふうになっちゃったのかなぁって思うよね。

「あぁ」

入ろうとしたときに声がして、後ろに人がいるのに気づいた。

白い開襟《かいきん》シャツにグレーのジャケットを着た、男の人。もうおじいさん、っていう年齢かな？　たぶん七十代。

「あ、ごめんなさい」

入るのが被っちゃったか。

「別の用事の人たちが同時に入っちゃいけない決まりなので、僕が入って一旦閉めますね。ご家族ですよね？」

「あ、そうです」

「暗証番号知ってますよね？」

こくん、と頷いた。クラシカルなデザインの黒縁眼鏡の奥の眼が優しい。

「じゃ、閉めますね」

先に台車を入れて、ゲートを閉める。

こういうのも面倒くさいけどね。でもあれだよね、こういうことは徹底しないと、オートロックで暗証番号入れなきゃ開かないマンションだって、誰か入った隙にさっ、と中に入られちゃったりするからね。

勝手知ったる保育園の中。台車を転がして広い入口へ向かう。後ろでまたゲートが開く音がする。

「ありがとうございますー。いつもいつもすみません」

副園長のゆかりさんだね。こうやってお届け物をしたときぐらいしか会わないけれど。いかにも子供好きそうな優しいふんわりした笑顔と雰囲気の女性。まだ独身ってことなんだけど、まぁそれは人それぞれだ。

「事務所の方に運んで置いておきますね」

「お願いします」

ゲートから入ってきたあのおじいちゃんに、子供が、男の子が寄っていくのが見えた。いくつかな。年長さんぐらいの年かな。お迎えの時間にはまだちょっと早いだろうけど、何か用事があるとか、あるいはお祖父ちゃんが遊びに来ているとか、か。

「さっきありがとうございます。入るときに説明してもらって」

「いえいえ。お祖父ちゃんのお迎えですかね」

そうですね、って頷く。

「お祖父ちゃんが来るのは珍しいんじゃないですかね」

「あぁ、でもたまにいらっしゃいます。荒垣《あらがき》さんところは最近三世帯同居の新居になられて、お祖父ちゃんお祖母ちゃんが一緒に住んでいるんだって。お祖母ちゃんはちょっと膝が悪くて来られないようだけど、お祖父ちゃんはあの通り矍鑠としていて、よく来ますよ」

ポロッと個人情報を喋ってしまったねゆかりさん。

でも、あらがきさん？

名前と、もう一度、向こうの園庭にいるその柔和な顔を見たときに。

頭のどこかで何かが弾けるような感覚。

小説なんか書いていると、そういうのがよくある。

脳の中で何かと何かが繋がったような感覚。記憶の蓋が開くとか、まるで考えていない事柄が有機的にぶつかり合って言葉が溢れ出す瞬間とか。それまでアイドリングしていたエンジンが一気に急加速するところまで吹き上がるような感覚。

最初にゲートのところで顔を見たときに、どこかで見たような気がしたんだ。でも、それは遠い遠い感覚。昔に観た映画に出てきた名もなき俳優さんを見たような。

でも、それが、〈あらがきさん〉という名前で時を超えたかのように繋がって、浮かび上がった。

あらがきさん。

荒垣さん。

荒垣球審。アンパイア。

禄朗くんの、あの試合の球審を務めていた人。

禄朗くんが、殴ってしまった人。

僕は何度も見ていたんだあの試合で。マスクを取ったときの荒垣球審の顔を。覚えていた。いや覚えていたことに自分で驚いたけれど、あれから二十年経ってそのまま年月を重ねた荒垣さんが、変わらずそのままでいることに驚いた。

背筋が、伸びている。しゃんとしている。

「あの」

「はい？」

「個人情報なんで知っていても教えられないかもしれないでしょうけど、荒垣さんって、あのおじいちゃんはその昔、野球のアンパイアをやっていたとかって聞いたことありませんか？」

ああ、ってゆかりさんが笑みを見せて小さく頷いた。

「そんな個人情報なんて大げさなものじゃないと思います。皆さん知ってるみたいですよ。以前は高校野球の審判をやられていたって」

やっぱりか。荒垣審判員その人だったのか。

三世代同居。最近、この辺りというか、この保育園にお孫さんを入れるようなところに越してきたってことなのか。

これは、どうしよう。

え、どうしようかな。

荒垣さんが、お孫さんを連れてもう帰ろうとしている。

話しかけるべきか、いやそれはちょっと。

世間話でもする？　それとも後をつけちゃったりしてもいいもんだろうか。

いや、さっき顔を合わせているから後をつけたりしたらわかっちゃうよね。

わからないように、尾行してみる？

禄朗くんのためにも、この機は逃さない方がいいような気がするんだ。

十一　ユイちゃんと真紀さんと私

「そう、うちの旦那さんは、ゲームセンターの社長ではあるけれども、ラノベ作家でもあるの」

その区切りというか、仕事をしている中で社長業と作家業の切り分けをどういうふうにしているのかな、と思うこともあるんだけれども、うちの人は全然区別がないみたいなのよね。

何せ、原稿もこの事務所で書いているから。

この机にはこんなふうにパソコンが二台並べて置いてあって、一台はゲームセンターの事務仕事で使うものだけれど、もう一台が原稿執筆用のパソコン。そこは完全に区別しているみたい。全然違うでしょ？

こっちがWindowsでこっちがAppleのiMacね。

その違いは私にはよくわからないけれど、iPhoneってAppleっていう会社のなんでしょ？

一磨くんは若い頃からずっとそのAppleのMacっていうパソコンが好きで使っていたんだけど、事務仕事となるとどうしても他の会社が使っているのと同じWindowsにしなきゃならなくて、仕方なく使っているみたい。

うん、私には全然違いがわからない。そもそも私はネットとエクセルとワードぐらいしか使えないから。あ、経理のソフトは別にしてね。

何か机に向かって仕事しているなー、と思ったら原稿を書いているときもあるし、ゲームセンターの方の書類を作っていることもあるし、メーカーから送られてくるゲーム機器の資料を読み込んでいるときもあるの。

だから、一日の中で両方の仕事に時間的にはまったく区別がないみたい。

もう全然平気。

原稿書いている最中にも普通に話しかけてる。そういうのはまったく気にならない人みたいね。集中したいから黙っててとか、書けないからどこかに籠るとか、そんなのまったくないの。

仕事は仕事として、マルチタスクが普通にできる人なのよね。

筐体の、あぁゲームの機械のことね。筐体っていうんだけど、メーカーから送られてきているその資料をパソコンで見ていたと思ったら、次の瞬間には隣のパソコンで執筆していたりするし。

そこは、感心する。

私は基本、ひとつのことしかできない人だから。ゲームセンターの仕事をしていたらそれが終わるまでは今日の晩ご飯は何にしよう、なんてことを全然考えられない。思いつきもしない。

なので、私の相棒はスマホのアラームとタイマー。

仕事のルーティンはもうまったく決まっているものだから、それに合わせてアラームが設定してあるの。

朝ご飯のときに薬を飲む時間とか、お昼ご飯の三十分前とか、おやつの前とか、晩ご飯の支度をする時間とかお風呂を洗う時間とかとにかくもういろいろいろアラームが設定してあって、それが鳴ったら自分のやるべきことを思い出すのよ。

まぁまだ惚《ぼ》けるには早いので、アラームが鳴る前に時計を見てあぁそろそろお昼ご飯用意しなきゃ、とかは普通に思うんだけれど。

「そうなんですか」

「ユイちゃんはどう？　わりとマルチタスクな人だと思うんだけど」

ユイちゃん、器用なのよね。

たいやき屋の仕事も一度教えたらすぐに覚えたし、何よりも躊躇いとかないのよね。ネタを作るときの手つきなんかも、初めてだったのにおっかなびっくりとか一切ない。しっかり私の真似をして、それがもう実に正確。

ユイちゃんはオリンピックにも出たんだからそれはもう一流のアスリート。そして一流のアスリートって、どんな競技にも通じると思うんだけどきっと眼が良いのよね。視力じゃなくて、見たものをきちんと再現できる能力。

それがものすごく高いと思うんだ。ましてや、ユイちゃんは射撃の選手。眼が良くてセンスがないとできない競技だと思うから。

ユイちゃん、うーん、って考えてる。

「そもそも私、社会人としての仕事はコーチしかしたことないんです。〈波平〉の仕事が人生で二例目の仕事ですから」

「あぁ、そうね」

まだ若いユイちゃん。

実質、榛学園女子短期大学部、通称ハシタン射撃部のコーチしか仕事をしていなかったたっけ。まぁそんなこと言ったら私だって仕事は経理とたいやきの作り方しか知らないけれどね。その他の仕事はしたことないから。

「でも、コーチの仕事って基本マルチタスクじゃないの？　何人もいる学生さんのことを常に頭に入れてなきゃならないし、そもそも射撃自体がマルチタスクじゃないの」

「射撃がですか」

「だって引き鉄をただ引けばいいってもんじゃないでしょ？　その前に姿勢とか立ち方とかとにかく身体のあらゆるところを把握して、ただ当てるためだけに身体を、こう、動かさなきゃならないでしょ？　それを常に考えているんだから、マルチタスクよ」

うん、って頷いた。

「そういう意味ではそうですね。私もコーチになったときに、初めて自分の撃ち方がどういうものなのかを理論的に考えて、身体の動かし方を理解しました」

そういうものよね。スポーツ選手って、そりゃあそればっかりやっていて学校の成績はイマイチっていう子もいるんだろうけど、スポーツなんて基本的にはいろんなことを考えながら身体を動かさなきゃならないんだから、そういうスポーツ脳みたいなものは鍛えられているはず。

ユイちゃんもきっとそうよね。

「でもユイちゃん、小さい頃はピアノやったり絵を習ったりしていたのよね？　そういうのもすっごく得意だったたって前に聞いたわよ」

こくん、って頷いた。

ユイちゃん顔ちっちゃいのよね。スタイルもいいし。ちょっとやせ過ぎだなって思うんだけどそれはまだ身体を鍛えているからよね。

「もう今は全然やっていませんけど、ピアノも絵もやっていました。仁太さんが言うのには、私の感覚はそういうもので鍛えられているんだって。だからある意味繊細で射撃に向いていたんだって」

「繊細なのが向いてるの？」

「繊細じゃなければ、引き鉄を引いても当たらないって仁太さんは言います。昔から〈引き鉄は闇夜に霜の降りる如く〉って言うんだそうです」

「闇夜に霜」

それぐらい静かで繊細な感覚ってことね。仁太さんも大概変わった人だけど、そういう言葉は信用できるわよね。

「なるほどねぇ。考えてみたらユイちゃんと禄朗って、銃を撃つ、っていう共通点はあったのね」

警察官とオリンピック競技の違いはあるけれど。

「いや、私は実弾なんてほとんど撃ったことはないので。禄朗さんは訓練でありますけど」

「ほとんど？」

「クレー射撃はやったことあるので、それぐらいですね」

三時のおやつのたいやきを持ってきてくれたユイちゃん。それこそ一磨くんが取りに行くはずだったんだけど、ちょっと用ができたからってさっき電話があって、私が取りに行こうと思ったらユイちゃんが持ってきてくれたのよね。

「一磨さんはどこに行ったんですかね」

「なんか、ちょっと人に会うとか言って。〈きぼうの森保育園〉にお届け物に行ったんだけどそこでばったり誰かに会ったらしいのね。そのままちょっと時間を貰うからって」

「久しぶりのお友達にでも会ったんですかね」

珍しいけれどね。あの人もだいたいにして友達少ないし、インドア派だから外に出ようともしないし。

「そんな感じかな」

ユイちゃんが、ちらっと壁に掛かっている丸時計を見た。骨董品の丸時計。お義父さんとお義母さんの遺品ね。毎日毎日ネジを巻かないと止まってしまう。振り子時計なので、ちょっと地震が来ても止まっちゃったりするのよね。

「三時のおやつって、こちらでは交代で食べるんですか？」

「そうよ。それぞれ適当に一人ずつとか、暇なときには二人で一緒とかあるけど、その辺は適当にここに来てもらって、そこで」

大きなテーブルがあるから、休憩しながら食べてもらう。ほんの十五分ぐらいの休憩だけれどね。

「お昼ご飯とかも、そこで食べることもあるわよ。私たちもたまに出前取ったりしてるし、一年に二回ぐらいはここでカレーを皆で食べるの」

「カレー？」

「聞いてなかった？　カレー作りが趣味だった先代社長がね、従業員の皆にお昼ご飯に自分で作ったカレーを振る舞っていたの。それを、先代が亡くなった今も続けているのよ。開店はお昼からにしてね。作るのは私だけどね」

「えー、楽しそうです」

「来て来て。緑朗ったら何度誘っても一度も来ないのよね。今度は秋になったらまたやるから、ユイちゃん無理やり連れてきて」

もうその頃には結婚してるだろうし。あ、結婚祝いにしちゃうっていう手もあるわね。〈ゲームパンチ〉から二人への。

「お疲れ様ですー」

ドアが開いて、真紀さんだ。

「お疲れ様。どうぞー。今日もたいやきだけど」

「あ、〈波平〉さんのユイちゃんですね。お久しぶりです」

「お久しぶりです」

ユイちゃんと真紀さんは、ここで何度か会ったぐらいよね。まだ全然話したこともないだろうけど。

「えーと、禄朗さんですよね。足の具合どうですか？」

「まだ全然なんですけど、とりあえず日常生活には支障はないです。痛みもないので」

良かったです、って真紀さんが言いながら、テーブルにつく。

「お茶いただきますね」

「コーヒーもあるけど、お茶よねたいやきには」

「そうですね」

あんことコーヒーは、合わないことはないけれども、日本茶には敵《かな》わないわよね、相性は。

「真紀さんって、いくつだっけ？」

「私ですか？　今年で三十一です」

「じゃあ禄朗よりも年下なのね」

同じぐらいかなって思っていたけど。真紀さん、苦労しているから少し年上に見えちゃうのかな。

「〈波平〉さんのたいやき、本当に美味しいです」

「ありがとうございます」

ユイちゃん、そろそろ帰らなくてお店は大丈夫かしらね。まぁ忙しくなったら電話くれればすぐに戻れるしね。

「あの、専務、五月さん」

「はい」

そう、専務さんって呼ばれるの。専務だけどね。でも堅苦しいから五月って呼んでって皆には言ってるんだけど、どうしても皆専務って最初に呼んじゃうのよね。そんなに私は専務顔してるかしらね。

「ちょっとお話があるんですけれど、お時間いいでしょうか」

「いいわよ？」

ドキッとしてしまった。

え、なに真紀さん。まさかここを辞めるなんて言わないわよね。いやそれはもう従業員の自由なんだけど。

真紀さんはちょっと特別。事情を知ってるのは私ぐらいなんだけど。

「どうしたの？」

給料の前借りとかそういうのだったらできるだけ希望に沿うようにしてあげるけれど、そのお金をどうするのかは訊きたい。

「あ、私、お邪魔でしたら帰ります」

ユイちゃんが言うけど、真紀さん、ちょっと微笑んだ。

「いえ、全然大丈夫です。ご報告するのが遅くなってしまって申し訳ないんですが、私、引っ越しをしたんです」

「え？」

引っ越し？

「あら、そうなの？」

「つい、三日前なんですけれど、ようやくこっちの部屋が片づいたので」

引っ越しに時間が掛かったのね。

でもちょっと待って。引っ越すなんて、真紀さんそんなに生活に余裕あった？　全然ないはずなんだけど。

「えー、じゃあ新しい住所は」

「書いてきました。ここになります」

ポケットからメモ用紙を出して、渡してくれた。

「家電もあるので、そちらも新しく書いておきました。私の携帯は変わらないですけど」

「うん」

家電も？

住所は、隣町じゃないの。そしてこの住所って。

「え、真紀さんこれって一軒家ってこと？」

「そうなんです」

全然知らない人の名前も書いてあるけど、そこに一緒に住むってこと？

「えーと、どうなんだろう。これ、事情を訊いていいもの？」

従業員がどこに住もうとそれに雇用主が何か言う権利なんかない。まぁ突然九州から通うとか言われたら交通費どうすんのよ！　って話になるけど。

「ちょっと説明しないとわからないですよね」

ちらっとユイちゃんを見たけど。

「あぁ、ユイちゃんだってうちの家族になるんだから平気よ。禄朗だってある程度は真紀さんのことも知ってるはずだし」

そのはずよね？　確か話したと思うけど。まぁいいわ。真紀さんも、こくり、って頷く。

「実は、太一《たいち》さんのお父さんなんです。以前に離婚していた」

「あ、そうなの」

真紀さんの旦那さんの太一さんは、小さい頃にご両親が離婚してお母さんが一人で育てたのよね。

「その離婚したお父さんと一緒に住むってこと？」

そうなんです、って真紀さんが頷いた。

「私たちと一緒に住むために、新しい家を建ててくれて。三世代、正確には四世代になるんですが。同居になるんです」

「ってことは、そのお父さんの親も含めてってことね?」

どうしてまたそんなことになったの。

十二　荒垣さんがどうしてこんなところに

「それじゃあ、失礼しますー」

　ゆかりさんに何かを悟られないように、そして慌てたりしないように挨拶をして、出ていった荒垣さんの後から保育園のゲートを出る。

　台車をまずは車に戻さなきゃならないけど、良かった、駐車場のある方向に荒垣さんはお孫さんと手を繋いで歩いていってる。

　ゆっくり歩いているからこのままついていって、サッと台車を戻して追いかけても充分間に合う。

　そして間に合った。

　歩いて保育園に迎えに来ているってことは、そんなに遠くないところに住んでいるってことだ、と、思った。

　荒垣さんは、何歳になっているのか。見た目では七十代に思える。

　あの頃、二十年前にアンパイアをやっていたときには、たぶん四十代か五十代に思えたから間違いなく七十代になっているんだろう。

（そんなに遠くから歩いてこないよな）

でも、体つきは、そんなよぼよぼの老人という感じはしない。むしろ、シャキッとしている。歩き方も、お孫さんに合わせてはいるものの、かなりしっかりしているように思える。

あんまり近づいてもまずいだろうけれども、何せ一緒に歩いているのは保育園に通っている子供だ。

とにかくゆっくりだ。

後を尾けているけれど、中年のおっさんがこんなにゆっくりゆっくり歩いていては、変に思われてしまうかもしれない。この辺りの周りに見るものなんか何にもない。脇には電車の線路があるただの住宅地だ。

そしてこの線路を渡れば、隣町だ。うちの町とは住所が変わる。

(どうしたものかな)

ここは一本道。いったん離れてみるのも手だけれど、どこかの角を曲がられて見失っちゃぁ元も子もない。かといって、寄ってみるような店もない。

(あれ?)

あの子供。

荒垣さんのお孫さん。

さっきは荒垣さんばかり見ていたから気づかなかったけれど、見覚えがあるようなないような。

(優紀くんじゃないのか?!)

野々宮優紀くん。

うちで働いている野々宮真紀さんの一人息子。

「え、なんで」

思わず声が出てしまったけれど、大丈夫、離れているから聞こえていない。

優紀くんを、荒垣さんが？

どうして？

いや、保育園が荒垣さんを通して、しかも優紀くんもおじいちゃんとしてついていったよな？

っていうことは、荒垣さんが優紀くんの祖父？

お祖父ちゃん？

真紀さんは、荒垣さんの娘？

全然わからない。そんな話は聞いていないっていうか、履歴書にはなかった。あったら気づいているはず。

それに、そうだよ、真紀さんの親は浅川《あさかわ》さんだ。

確か浅川敬伍《けいご》さんだったかな。今はもうどこかの会社を定年退職している、はず。そんな話を聞いたはず。そして、親はそのお父さんしかいない。お母さんはけっこう昔に亡くなっているっていうのを聞いた。

（ってことは？）

義理の親か？

真紀さんの旦那さんの、えーと、太一さんの親が荒垣さん？

「いやいや」

違う違う。

真紀さんは結婚して野々宮さんになっている。そう、夫は野々宮太一さんだ。だから当然親も野々宮のはず。そして太一さんのお母さんはその昔に離婚してシングルマザーとして太一さんを育ててきて、今は施設に入っているはず。

名前は、確か野々宮尚子《なおこ》だ。

三年ぐらい前から若年性認知症になってしまって、今はもう息子の太一さんのことも忘れてしまっているぐらいに進行している、はず。

そう、真紀さんはかなり辛い人生を歩んでいるんだ。大きな交通事故で太一さんもろくに働けなくなっていて、真紀さんが一人で野々宮家を支えている。

だから、荒垣さんが優紀くんのお祖父ちゃんというのは、あり得ない。そもそも年齢が随分上だ。

あり得ない、か？

他の可能性は？

「そうか」

あり得る、か。

もしもそうなら、荒垣さんが優紀くんが〈おじいちゃん〉と呼ぶ存在であるというパターンも、ありだ。

どっちにしろ確認するしかない。

そうだ、優紀くんは僕のことを知っている。うちにも何度も来て遊んでる。僕のことを〈ゲームのおじちゃん〉と呼んでいる。ゲームができるから、お母さんと一緒にうちに来るのを何より楽しみにしているんだ。

大丈夫。

近づいていって、偶然に会ったふうにすれば何の問題もない。ないよな？

それで、荒垣さんともごく自然に知り合えるじゃないか。

少し早足にする。すぐに追いつく。

「あれ？　優紀くん？」

演技する。こういう小芝居は、上手い、はず。自分で言うのもなんだけど。

それに、小説家って演技ができる人はけっこういると思うんだ。何せ、自分の作品の中で登場人物に演技をさせているんだから。演出をしているんだから。僕なんかセリフを書いているときには自然とその演技を顔でしていることがある。いわゆる百面相だ。最近は顔芸とも言うか。

「優紀くんだよね？」

優紀くんが、笑顔になって僕を見る。

「ゲームのおじちゃん！」

よし、わかってくれた。荒垣さんが、ちょっと警戒しながら、でも優紀くんの様子を見て少し笑みを浮かべて会釈する。

ここで、また演技だ。

「ええっと」

こちらも少し不審がる様子を見せる。でも、失礼にならないようにきちんと目上の方への対応をする。

「初めまして。私はこの優紀くんのお母さんが働いているところのものなんですが。宮下一磨と申しますが」

荒垣さんが、表情を変える。

「〈花咲小路商店街〉の」

「そうです」

「〈ゲームパンチ〉さんですか」

そうなんです。知っていたってことは、やはり関係者なのか。

「〈ゲームパンチ〉の社長をやっていますが」

うちの従業員の息子を連れていっているあなたはどなたでしょうか、という表情を見せてやる。荒垣さんが、こちらに向き直る。

「荒垣と申します。この子の曽祖父にあたりますが、まだ真紀さんの方からは聞いてらっしゃいませんでしたか」

やはり、曽祖父。

ひいおじいちゃんか。

「すみません、聞いていませんでした。直接の曽祖父にあたる方までは把握していませんでしたが」

荒垣さんがゆっくりと頷く。ちょっと向こうを見た。

「もう少し歩くと、新居があります」

新居？

「たぶん、今日明日にも真紀さんの方から社長さんにご報告があると思うのですが、引っ越したのですよ。そこに」

引っ越した。

「真紀さんもですか？」

頷いた。

「この優紀も一緒にです。そこのガードをくぐって、向こうに渡るとすぐなのですが、宮下、社長、ですね？」

頷く。間違ってない。社長です一応。

「今日はこれからどちらに」

「あぁ、いやちょっと用事があってこの辺を回って、この後は店に帰るだけなんですが」

「よろしければ、どうぞ。もうすぐそこです。見えますかね。あの赤い屋根の家なんですが、話は多少長くなりますのでお茶でもいかがですか」

「ゲームのおじちゃん、うち新しいよ！　すっごく広くなった」

嬉しそうに優紀くんが言う。

「そうか、広くなったのか」

荒垣さんは最近、三世帯同居の家を新築したって保育園のゆかりさん言ってたもんな。三世代、正確には優紀くんも入れれば四世代ってことになるんだろうなきっと。

新しく家を建てて、真紀さんと優紀くん、もちろん太一さんも一緒に住み始めたってことか。

その昔に離婚したという、太一さんの実の父親が。

もしくはこの荒垣さんが。

そして荒垣さんは、年齢からすると、たぶん太一さんの実の祖父、になるんじゃないか。優紀くんは荒垣さんにとって、曽孫。

普通の家だ。確かに三世帯が暮らせるような大きな家だが、印象としては豪華でもなく、かといって瀟洒《しょうしゃ》な、って感じでもなく、普通の家。

でも、だから好感が持てるのかもしれない。三世帯が暮らすような大きな家を建てられる財力をあまり感じさせない、普通の家。

玄関は二つしかなかったけれど、まぁそういう造りなんだろう。

通されたのは向かって右側の玄関から。表札は〈荒垣隆司《たかし》　元子《もとこ》〉と〈荒垣秀一《しゅういち》〉になっていた。隣の玄関は〈野々宮太一〉になっていた。

「お邪魔します」

中の造りも、普通だ。もちろん新築なので新しい家の匂いがする。木の匂いや、新しい畳の匂いも。

女性が出迎えてくれた。

「妻の、元子です。こちら、真紀さんが働いている〈ゲームパンチ〉の社長さんで宮下さんだ」

「どうも、初めまして」

銀髪の豊かな女性。そして笑顔のチャーミングなおばあちゃんだ。いつの間にか優紀くんの姿が見えないが。

「中で、繋がっています。自由に行き来できるんですよ。自分の部屋に荷物を置きに行ったのでしょう。ここが私と妻の生活するスペースですね。台所と居間と寝室ぐらいですが」

それでも充分な広さがある。

奥さん、元子さんは、たしか足腰がどこか病んでいる。立ち上がるのも歩くのも不自由にしている。お茶を淹《い》れようとしてくれているんだろうけど、いいですいいです僕がやりますって言いたくなるぐらいの動きだ。

「膝が不自由になってしまって、優紀のお迎えもできないんですよ。ですが、せめて家の中では動かないと余計にダメになってしまうので」

そういうことなんだな。それは、わかる。

「改めまして、〈ゲームパンチ〉の宮下一磨と申します」

勧められたソファに座る前に、一応持ち歩いている名刺入れから名刺を渡す。荒垣さんが、微笑んで受け取ってくれる。

「もう名刺を出すこともなくなってしまっているのですが」

そう言って、茶箪笥の引き出しから名刺を持ってきた。

「〈スポーツジム　ホームラン〉。え、あそこの会長さんだったのですか」

知っている。隣町にかなり昔からあったバッティングセンターだ。そして今はスポーツジムになっている。

荒垣さん、そんな商売をやっていたのか。

「もう息子に、荒垣秀一といいますが、社長職を譲りまして今は引退しています。一応は会長職となっていますが、名のみです」

「すると、荒垣さんが始めたご商売だったんですか」

そうです、と頷く。

「今は、社名は〈ARGホームラン〉となっていますがね」

〈ARGホームラン〉。

知ってる。

「あの居酒屋〈太公望《たいこうぼう》〉とかをやっているグループですね？　カラオケ〈Mスター〉とかもそうですよね」

「はい、その辺りは息子が始めたものです。私はもう関わってはいませんが」

うちの町にもどっちの店もある。たしか全部で店舗が十五や二十はあるグループ企業のはずだ。

凄いじゃないですか。

そうか、荒垣さんはそういうお人だったのか。

「ひょっとして、息子さん、荒垣秀一さんというのが、真紀さんの夫である太一さんの実の父親ということになるのですか？」

荒垣さんが、ゆっくり頷いた。

「そうなります。ですから、太一は私の実の孫です。優紀は、私のことをおじいちゃんと呼んでいますが、実際は曽孫ですね。ひいおじいちゃんになります」

「失礼ですが、おいくつになられました」

「今年で七十八です。妻は、八十になりますね」

姉さん女房ですね。

「しかし、真紀さんの話では太一さんのお母さんと、ええと、秀一さんでしたか。別れたのはもうかなり前で、太一さんがまだ幼稚園ぐらいのときだったと聞いていましたが」

そのはず。
何故、今になって。

十三　人に歴史ありと言うけれど

私のコーチをしてくれていた仁太さんは〈花咲小路商店街〉の名物男でした。世界を放浪した後に商店街に帰ってきて、おじいさんがやっていた〈喫茶ナイト〉を受け継いで商売をやってきて。

商店街で生まれた人なのでほとんどの人は仁太さんのことを知っているのに、でも仁太さんが世界で、特にニューヨークにいたときに何をしてきたのかは、誰も知らなかったんです。商店街の人間ではない、うちの父以外は。

『その人には、その人だけの、歩いてきた歴史がある。誰の人生にでも、一冊や二冊の小説を書けるほどのドラマがある』って仁太さんは言っていました。『俺はそのドラマを見通すことができる。だから〈ナイト〉で夜の相談なんかを受けていたんだ』とも。今は仁太さんは〈喫茶ナイト〉にはいないし、お店も変わってしまったんですけど。

私はまだ二十数年しか生きていない若者の一人ですけれど、誰でも経験できるというわけではないオリンピックを舞台に戦った日々があるので、それは確かにドラマチックだったかな、と思います。

でも、野々宮真紀さんの場合は、ドラマチックなどと表現してしまっては本当に失礼なほどの過去が。

お店を禄朗さん一人にさせておくのはちょっと可哀想ですけれど、真紀さんの話を聞けるというのはものすごくタイムリーなことなので、もう少しこのまま。

いざとなれば、たいやきを渡したりするのを、お客さんに手伝ってもらうから大丈夫だって禄朗さんも言ってましたし。

「夫の両親が離婚したのは、彼がまだ幼稚園の頃だったそうです」

幼稚園の頃。私の場合は小学生でしたけど、それよりも幼い頃だったんですね。

「その理由なんかは知ってるの？　真紀さん」

こくり、と頷きます。

「夫の実の父親をそういうふうに言うのはちょっとあれですけど、かなり女癖が悪い人だったそうですね」

「あ、じゃあ旦那の浮気とかそういうもので」

「そうみたいです」

真紀さんの夫である太一さんのお母さん、野々宮尚子さんの方から離婚を切り出して、別れたそうです。そして、そんな男に子供を渡せないと、太一さんの親権は尚子さんがきちんと持つことができた。

それから、尚子さんは女手ひとつで、一人息子の太一さんを育ててきたそうです。

少し、私の家と似てはいます。

私の場合は、仕事人間で家庭を一切顧みない父に愛想を尽かして母が離婚してもらったんですけれど。もちろん、親権は母が持って。

「太一さんは、父親には今までに数回しか会ったことがなかったって言っていました。大人になってからも一度か二度かは会ったらしいんですけど、同じ男として気が合いそうもないとも言ってました。反《そ》りが合わないというか、そもそも母親を泣かせて苦労させた男だからと嫌っているんですね。だから、私も太一さんと付き合い出して、結婚してからも一度も会ったことなかったんです」

「まぁねぇ。そういうことならね」

親子と言っても、気が合う合わないは絶対にあると思います。一緒に暮らしていたとしても、そもそもが違う人間なんですからそういうのはあってあたりまえです。

ましてや、幼い頃に離婚してほとんど会ったことがないのなら、そして離婚の原因が女性関係というのならイメージも悪過ぎますし。

「でも、お義母さんが、突然に」

「そうだったのよね」

若年性認知症だったそうです。

母親の尚子さんは、まだ五十代のうちにそれを発症してしまい、年々ひどくなっていって、今では息子である太一さんのこともはっきりとわからないぐらいになってしまっているんだそうです。

「施設に入ってね」

「はい、そのときに初めて私は、お義父さんにお会いしたんです。お義母さんが施設に入るお金とかは全部お義父さんが出してくれたんです。今も継続して費用を全額負担してくれています」

「あら、そうだったの？」

そうなんです、と、真紀さんが頷きます。

「それは、太一さんが頼んだ、とかなんですか？」

私が訊くと、ぶんぶん、と真紀さんは首を横に振りました。

「お義父さんが、どこからか聞きつけたらしいんです。離婚して三十年近くも経っている赤の他人とはいえ、元妻。そして自分と血の繫がった息子もいるんだから、苦労させたくない。手助けしたいって」

「いい人じゃないの。ねぇ」

凄いことだと思います。

「あの、その方は、お父さんは今はご家族はいらっしゃるんですか？」

訊いてみました。もしも太一さんのお父さんにも新しいご家族がいるのなら、とても大変な決断をされているなと思ったので。

真紀さんが軽く首を横に振りました。

「離婚した後はずっと独身だったそうです。自分は家庭を持たない方がいい人間だっていうのがそのときによくわかったからと言っていました。だから、誰にも遠慮することはないって」

「そうだったのね」

入居させるのにもけっこうな金額がかかるはずです。その方はどんなお仕事をしているんでしょうか。

「じゃあ、太一さんも仲が悪いとはいえ、その好意に甘えたのね」

そうです、って真紀さんが言って続けました。

「でも、太一さんはあくまでお金を借りるんだって言っていたんです。今の自分ではお義母さんに充分なことはしてあげられないから、助けてもらう。でも、全部自分の力でお金を稼いで、必ず全額お義父さんに返すって。もちろんお義父さんはそんなことしなくていいって言ってたらしいんですけど」

うーん、って五月さん唸ります。

「まぁ気持ちはわかるわね。それなのに、事故がね」

真紀さんが、顔を顰めます。

そう。太一さんは、交通事故に遭ってしまったんです。

それが一年半前のことだったそうです。車には優紀くんも一緒に乗っていたし、もちろん真紀さんも。

真紀さんと優紀くんは運良くかすり傷で済んだそうなんですけれど、太一さんは、頭を強く打って一ヶ月以上もの間、眼を覚まさなかった。一時は一生このまま寝たきりか、あるいは衰弱して死んでしまうのではと思われたそうです。

でも、一ヶ月半後に、太一さんは意識を回復しました。

回復はしたものの、太一さんの怪我は外傷性脳損傷というもので、それによって引き起こされたのが記憶障害と認知障害、そして身体的な麻痺による運動障害でした。とにかく頭を打ったことでありとあらゆるものが引き起こされてしまったんです。

今は、これもまた奇跡的にいろんなものが回復してきました。

寝たきりではなく自分の足で歩ける程度には、家の中でなら普段の生活ができるぐらいには回復したそうです。本当に奇跡だとお医者さんも言っていたとか。

記憶障害と認知障害もかなり改善されました。眼を覚ましたときには自分が何故病院にいるのかもわからず、そもそも病院って何だったろう、などという状態でもあったそうです。自分がどういう人間かもおぼろげな感じになっていたとか。

それが今では、多少過去の記憶や思い出が曖昧になっていたり、知り合いのことを忘れていたりはするそうですけれど、ほぼ、回復しています。

けれども、ほとんど仕事らしい仕事ができません。

元々はプログラマー、SEという仕事をしていて、家でもできるそうなので少しずつやりはじめてはいるそうですけどなかなか難しいそうです。プログラマーとしての知識などは幸いにもそれほど忘れたり失われたりはしていなかったんですけれど、麻痺した手の指の動きなどの回復が遅れていて、いまだによく動かずにキーボードを打つこともままならないとか。

それで、真紀さんが一人で頑張って働いていたんです。昼も夜も。そこまでは、五月さんも知っていたようなんですけれど。

「その、お父さん？　元妻を施設に入れてくれたんだけど、その後も全然太一さんとは会ってなかったのね？」

真紀さん、頷きました。

「本当に、反りが合わないというか。感謝はしていましたけれど太一さんも毎月少しずつお金を返すのに銀行振り込みをするだけで、まったく連絡は取っていなかったんです。でも、毎月の返済の振り込みがどうしてもできなくなってしまって」

真紀さんが懸命に働いていましたけれど、厳しくなってしまって振り込みも遅れたりできなくなったりしてしまいました。

それに、最近になってお父さんが気づいたんだそうです。いらないと言ってはいたけれども、きちんと気にして毎月確認していた振り込みが遅れたりなかったりしていると。

「それで、連絡してきたのね？」

「そうなんです」

何かがあったのかと連絡してみたら、息子が事故に遭って身体が不自由になっていた。妻の真紀さんが必死で働いている、という状況。

「ちょうどその頃になんですけど、お義父さんのご両親、つまり夫にとっての祖父祖母になるんですが」

「そうよね」

「詳しい事情は聞いていないんですけど、随分長い間別々に暮らしていたらしいです。それはまぁ普通のことだと思うんですけど」

そうですね。子供が家を離れて、親と別々に暮らすのはごくあたりまえのことです。

「最近になって、お義父さんが新しく家を建ててそちらで一緒に住む話が出ていたんだそうです。それで、ちょうどいいというのも少し変な言い方ですけど、太一さんと私たちもそこに一緒に住もうとお義父さんが」

そういう話になったのですか。

「それは、太一さんも納得したの？　反りが合わない別れたお父さんなのに」

「はい。これは、私の想像なんですけれど、記憶障害や認知障害のせいじゃないかと思うんですけど、その父親に対する嫌悪というか、そういうような感情が薄れているのか、あるいは失ってしまっているみたいで。素直に受け入れてくれて」

それは、良かったのか悪かったのかはわかりませんけれど。

「少なくとも、私はホッとしました。何もお返しはできないのにお世話になるのは少し心苦しいんですけれど、太一さんの実の父親であることは間違いないですし、何よりも一緒に住むのが太一さんの」

「実のお祖父ちゃんお祖母ちゃんですものね？　たぶんほとんど会っていなかったんだろうけど。ましてや曽孫の優紀くんもいるんだもの。それはお祖父ちゃんお祖母ちゃんも喜ぶわ」

真紀さんが、少し笑みを見せて頷きます。

「そう言っていました。まだ私も会ったばかりなのでしっかりとお話しできていませんけれど、本当に喜んでくれていました」

「あれよね、お祖父ちゃんお祖母ちゃんはバカな息子が浮気して離婚しちゃったので、可愛い孫にも曽孫にもずっと会えずにいたのよね。それはもうねぇ、たまんないわよ。ようやく会えて一緒に暮らせるなんて！　って感じよねぇ」

私も、そう思います。

「いつかまた太一さんが、回復というとまたおかしな表現ですけれど」

「あれね？　お父さんへの負の感情みたいなものね？　全部回復したら、そういうのもまた出てくるかもしれないわよね」

「そうです。父親へのそういう感情を取り戻して世話にはならないとか言い出すかもしれませんけれど、優紀のこともあるし、今はお世話になって生活の基盤をきちんとさせようと思ってます」

「そうよ。それは本当に良かったわ。あ、でもうちの仕事を辞めたりはしないのよね？」

真紀さんは、もちろんです、と強く言いました。

「太一さんが回復してくれて元のように仕事ができるようになればいちばんいいんですけれど、それまでお義父さんにおんぶにだっこというわけにはいきません。優紀の世話をお祖父ちゃんお祖母ちゃんがしてくれますから、私は今まで以上にしっかり働けるので」

そういうことになりますね。五月さんが言ってましたけれど、今までは優紀くんの面倒を見るために仕事時間を減らさなきゃならなかったって話ですから。

☆

「いやー、なんか良い話を聞いちゃったわね。最近では禄朗の結婚話に次ぐぐらいの良い話だったわ」

「そうですね。確かに良い話でしたよね」

真紀さんは、たいやきを食べ終えて仕事に戻っていきました。五月さんが、真紀さんの住所変更をパソコンで打ち込みしながら、ニコニコして言います。

真紀さんが苦労しているんだというのは、禄朗さんも私もなんとなくは五月さんから聞いて知ってはいたのですが、これほどのことがあったとは知りませんでした。

でも、真紀さんが〈名前の嘘〉をついている件はまだ何も全然わからないので、それはともかくとして、お家賃の心配もないそして優紀くんの面倒も見てくれる、いわば〈実家〉と同じような環境に住めるようになったというのは本当に良いことだったと思います。

でも、何でしょう。

話を聞いていても、どことなく、何かがしっくり来ないような感じがありました。真紀さんの〈名前の嘘〉が心のどこかに引っ掛かっているせいでしょうか。五月さんのように心から良い話だと思えないような感覚があります。

そろそろ帰って、今の話を禄朗さんにも聞かせなきゃ、と思って立ち上がろうとすると、事務所のドアが開きました。

「あら、お帰りなさい」

一磨さんが帰ってきました。

十四　かつてのアンパイアと、現役のアンパイア

これは、どうしたものかなぁ、ってずっとそれをぐるぐるぐるぐる考えてしまって、そしてただただただそれを考えているうちに店に戻ってきてしまった。

何にも結論が出ていない。

いや、そもそも僕が結論を出すような話じゃないよなぁ、っていうのもまた真実だと思うんだけれども。

「お帰りなさい」

事務所の扉を開けて、その声がいつもと違ってユニゾンで聞こえてきたと思ったら、ユイちゃん。

「あぁ、ユイちゃんいたんだ」

きりりとした中にまだ少女っぽさが残る笑顔のユイちゃん。

「あなたがどこかに行っちゃったから、ユイちゃんたいやき持ってきてくれたのよ」

「あ、そうだったか。ごめんごめん」

それをすっかり忘れていた。

「どこに行ってたのよ」

いや、それがね、って話そうと思って、でもいきなりユイちゃんに禄朗くんが殴ったあのアンパイアを見つけたって話もどうなんだって。

「ねぇそれよりね、真紀さん」

「え？」

「引っ越ししたんだって。さっきおやつ休憩に来たときに報告してくれて」

「え！」

話したのか。そうか、このタイミングか。荒垣さんも言ってたもんな。近々ご報告するはずですが、って。なんだか五月がすっごく嬉しそうにしているけれど、理由がわかった。真紀さんの引っ越しの件だったのか。

自分の家ができて家賃を払わなくて済むようになって、生活がものすごく楽になるって話だものな。五月、もうずっと真紀さんの心配していたからな。どうにかしてあげたいけれど、給料をとんでもなく上げるわけにもいかないし、他にできることもないしって。

「でね？」

「いや、言わずともわかる」

右手を広げてみせる。

「わかる、って何がよ」

「真紀さんの家のことだろう？　どこへ行ってきたかっていうとね、その真紀さんの新居に行ってきたんだよ」

五月、そしてユイちゃんも眼を丸くした。

「どうして？」

「話せば長くなるけどね」

自分の席に座った。

さっきユイちゃんは帰ろうとしたのか腰を浮かせかけたけど、また座った。スマホを取り出してたぶんＬＩＮＥしてる。禄朗くんにかな。もうちょっと帰るの遅くなりますとかしてるんだろう。まぁ走ればユイちゃんの足なら二十秒も掛からないで、下手したら十秒で着くんだから大丈夫だよ。

そして、どうやって話そうか。

「まずね。〈きぼうの森保育園〉にお届け物に行ったんだよ」

「そうね」

「それでね」

五月が待って待ってって手を振った。

「何をそんなにもったいつけて話し始めるの？　何かとんでもなく重要というか、重大な何かが起こったとでも言うの？」

うん、だよね。そう思うよね。

どうしようかな。

「重大なことだと思うんだよね。ユイちゃん」

「はい?」

「禄朗くんはさ、高校のときの、野球の話を君に話している? どうして自分が一年ダブったかとか、どこで負けてどこで勝ったとか」

一瞬、考えるような表情をしてから、頷いた。

「しています。聞きました。いろいろ」

「そっか」

じゃあ、やっぱり禄朗くんにも一緒に教えた方がいいよな。黙っているのもおかしいし、何よりも真紀さんがあの人と一緒に住むようになったんだから、どこかで会うかもしれないよな。

「よし、〈波平〉が閉店したら、お店に行くよ」

「何をしに?」

「話をしに。あ、そうだご飯時だから晩ご飯を一緒に食べよう。五月、ユイちゃん今晩のおかずはもう何か準備していた? 予定していた?」

五月とユイちゃんが顔を見合わせた。

「うちはまだ何にも。豚肉があるから生姜焼きでもしようかなーって思っていたけれど」

「あ、うちにも豚肉あります。生姜焼きできます」

「じゃあ生姜焼きで決定にしよう。今日は児玉さんいるからその間二人で出ても問題ないよね」

「大丈夫だけど」

何かあれば走ればすぐ着くんだから大丈夫。

「あの、話って、つまり禄朗さんに関することなんですか？」

「そうなんだ」

「どういうことなの？　全然わかんないんだけど、禄朗のことと真紀さんの引っ越しに何の関係があるの？」

そう思うよね。

「あったんだ。まぁとにかく保育園に行ったときに、僕はある人に会って、そこで真紀さんが引っ越ししたことを知らされたんだ」

そこから先は、禄朗くんも一緒に。

☆

五月の作る生姜焼きは、本当に生姜をたっぷり入れるんだよね。台所でユイちゃんがびっくりしていた。

「あれだね、こうやってユイちゃんと五月、一緒に料理作って食べる日を何度かやった方がいいかな」

ちゃぶ台の前に座って、禄朗くんに言う。禄朗くんもそれなりに料理はできるはずだけど、足が治るまで当分出番はなし。二人に任せて、男同士でお茶を飲みながら。

「どうしてですか？　ユイも料理はそれなりに上手ですけれど」

「うん。いや、ほら五月の作るものは、基本的にお義母さんの味じゃないか。宇部家のさ」

あぁ、って禄朗くんが微笑む。

「確かにね。おふくろの味ってやつですかね」

「まぁそれがいいってわけでもないけど、伝えていくのもまたいいもんじゃないかなって」

「そうですね。そういうことをしていくのも必要かもしれませんね」

「他のお義姉さんたちのところもさ、たまにこうやって一緒にご飯作って食べるとかさ。あれだよね、実家が遠いところにあるきょうだいなんかはさ、盆暮れ正月に実家に集まってわいわいやるんじゃない？　僕らは実家がすぐ近くだし、もうお義父さんお義母さんもいないから」

そうですね、って頷く。

「いちいち集まったりしませんからね。何せちょっと走ったらもう着きますから。電話するより早かったりしますからね」

それがいいところでもあり、つまんなかったりもするんだけど。

「そうしてみます。他の姉にも言っときます。結婚するまでの間、俺は料理は役立たずだから、手伝いに来てユイと一緒に作ってくれって」

「いいね」

五月からも言ってもらおう。そうやってせっかく親戚になったんだから、鈴木《すずき》さんも佐東さんも向田さんも、年に一回ぐらいどこかの家に、宇部家でいいけど、集まりましょうって。うん、そうしよう。今まで、冠婚葬祭以外で集まったことなんかなかったから。

「さ、いただきましょう」

「いただきます」

白いご飯と生姜焼きとたっぷりのキャベツの千切りにトマトも。五月のお得意の出汁巻き玉子に、豆腐のお味噌汁にお漬物。充分。

「キャベツの千切りに何をかけるかで好み出るよね」

僕はマヨネーズだけど。

「私はソースよ。絶対に。禄朗がけっこうなマヨラーよね」

「え、マヨラーと言われるほどでもないと思うけど、まぁマヨネーズだね」

「私も、ソースです」

男がマヨネーズで女がソースという組み合わせになったか。

「それで？　早く話してちょうだい。食べ終わったらさっさと店に戻らなきゃならないんだから」

「うん」

まぁ食べながらの方が、いろいろと間が持ったりしていいかな。消化にはよくないかもしれないけれど。

「まず」

保育園で、真紀さんちの優紀くんを連れて帰るおじいさんに偶然会った。

「保育園の方でも〈身内のおじいさん〉と認識していたから間違いなくてさ。びっくりしてね。優紀くんがお祖父さんと一緒にいるなんて僕は知らなかったからさ。だから、後を追って優紀くんに声を掛けて、そのおじいさんと話したんだ」

そうしたら、五月とユイちゃんに真紀さんが話したように。

「その人は、真紀さんの旦那さん、太一さんの祖父だった。優紀くんにとってはひいおじいちゃんだったんだね。そして、新居というのは、太一さんの別れた実の父親が建てたものだった。そこに、真紀さんは太一さんと優紀くん、家族で住むことになったんだ」

それは、そこまでは、五月とユイちゃんが、真紀さんから聞いた話とまったく同じ。あらかじめ禄朗くんにも話してもらっていた。

「その先に話があるんでしょう？　ここまでもったいつけといて。禄朗に関係する話になるってどういうことなの？」

そう、ここなんだ。

五月が、ちょっと考えた。

「その人の、一緒に住むことになった祖父祖母の名前までは確認してなかったでしょ」

「太一さんのお父さんの名前は荒垣さんでしょ？　確か、荒垣秀一さん、だったかな？　新居の住所にはそう書いてあったわね。確かに祖父祖母の名前までは確認してなかったけれど」

そう、荒垣さんなんだ。

「禄朗くん」

「はい」

「荒垣さん、と聞いて思い出す人はいないかい？」

「あらがきさん、ですか？」

禄朗くん、箸を止めて、少し首を捻った。

「荒野の荒いに生け垣の垣よ」

五月が言って、禄朗くんがもう一度荒垣さん、と呟いた。

「親しい知り合いには、荒垣さんという人はいないと思うんですが」

「じゃあ、アンパイアの荒垣と聞いたら？」

禄朗くんの肩が、ぴくりと動いた。

「アンパイアの、荒垣さん」

「そうなんだ」

アンパイアだったんだ。

「僕は、覚えていたんだよ」

あの試合、禄朗くんが一年生のときの県代表を決める決勝戦だ。

「禄朗くんのいた〈代嶋《だいしま》第一高校〉が〈翌二《よくに》高校〉と戦った試合だったね。その試合のアンパイア、球審をしていたのが、荒垣隆司さん。真紀さんの夫の太一さんの祖父にあたる人だったんだ」

　ユイちゃんの眼が大きくなった。

　五月は、へぇ、という表情しかしていない。

　ユイちゃんのこの反応からすると、きっと禄朗くんから何かしらの話を聞いているんだな。

「すごい偶然じゃないの。あなたよく覚えていたわね、禄朗の試合のアンパイアさんなんて」

「覚えていたんだよ。野球が大好きだからね」

「それは知ってるけど、どうしてそこまで覚えていたの？」

　禄朗くんを見る。

「禄朗くん」

「はい」

「君は、あの試合の後に、荒垣球審をぶん殴ってしまって、それを見られて、結局留年処分されたね」

　小さく、頷いた。

「もう二十年も前になるよね。でも、いまだに誰も、五月も他のお義姉さんたちもきっとその理由を知らないんだろう？　話していないよね？」

　禄朗くんが、唇を引き結んだ。五月が、禄朗くんを見る。

「聞いてないわね。あのときにもさんざん問い詰めたけど何も言わなかったし。その後もね。何をどう訊いても、本当に一言も喋らなかったわ。どうして殴ったかを」

「僕としては、あの一球のせいだと思ってるんだ。もちろん、覚えているよね？」

九回裏。フルカウントからボールになってフォアボールを出してしまって、同点になったあの一球。

あの一球がストライクだったら、三振で禄朗くんの〈代嶋第一高校〉が勝っていた。そして甲子園に行っていたんだ。禄朗くんも一年生でレギュラーの捕手として堂々と出場するはずだった。

「僕はスタンドで観ていたけど、高さは間違いなくストライクだった。コースもそんなに外れてはいないように見えた。でも球審は、アンパイアの荒垣さんは『ボール！』と告げたんだ」

今でもはっきりと思い出せるよ。何度も何度も思い出したし、その後のニュースで流れた映像も観たからね。

「そのニュースの映像を観たら、これはもうストライクだったろうと確信したよ僕は。どうしてこれをボールと告げたんだって憤慨《ふんがい》したよ。五月も覚えてるだろ？　あのときに僕が怒っていたのを」

五月が頷いた。

「そうだったわね、確かに」

「キャッチャーだった禄朗くんの反応も普通じゃなかったのを僕はスタンドで観ててもわかったんだ。それまでに見たことない反応をしていたからね」

あのときの禄朗くんは一瞬、動きを止めてゆっくりとアンパイアの方を振り仰ごうとした。

でもいけないと気づいてすぐに、ボールをピッチャーに返した。

「禄朗くん。あの一球はストライクだったんだよね？　確信したんだよね？　それなのに荒垣球審はボールと言った。それで、負けてしまった」

禄朗くんは何も言わない。ただ黙って聞いている。

「でも、そのせいで負けたからって荒垣球審を殴るまでいくとはどうしても思えなかったんだよね僕は。あのときには何も言わなかったけどさ。きっと、禄朗くんにしかわからない何かがあったんだ。あるいは、荒垣さん、荒垣隆司球審と禄朗くんの間で何かがあった。誰も知らない何かがね。そうじゃないのかな？」

ユイちゃんが心配そうに禄朗くんを見ている。

絶対にこれは、ユイちゃんは何もかも知ってるはずだ。そんな表情をしている。

「たぶん、この先、禄朗くんが荒垣隆司さんと偶然に会うこともあるんじゃないかと思ってさ。隣町とはいっても、ほとんど町内会みたいな距離だからね。だから、教えておかなきゃと思った。そしてできれば、あのときに何かあったのなら、教えておいてもらった方がいいかな、って考えたんだ。僕も五月も、この先に荒垣さんに会うことが何度もあるだろうからさ」

十五　アンパイアを殴った理由は

こんな偶然が起こるなんて。

野々宮真紀さんと優紀くんが一緒に暮らし始めた、真紀さんにとっては義理の祖父に当たる人が、禄朗さんが殴ってしまったアンパイアだったなんて。

荒垣球審その人だったなんて。

でも、起こり得る偶然だったのかもしれません。

高校野球の地方大会のアンパイアは、主にその地区で登録されている審判員の人たちから選ばれて大会に出ています。だから、荒垣さんがこの地区に、もしくはその近辺に住んでいて当然なんです。

しかも、真紀さんもなんです。

たぶん間違いなく〈嘘〉の名前で暮らしている野々宮真紀さん。そこにどんな理由があるのかを、お父さんの力を借りて本格的に調べ始めた矢先に、こんな事実が出てくるなんて。

禄朗さんは、考えています。

どうするのか。

一磨さんは、気づいていたんですね。あの禄朗さんの一球に何かがあったのだと。それで、禄朗さんは荒垣球審を殴ってしまったんだって。

でも、まさか禄朗さんが〈嘘〉がわかるなんて知りません。それを、禄朗さんが話すのかどうか。

今まで誰にも言わずに来たのに。私と結婚するために私には話して、そして真紀さんのことがどうしても気になって、そこに何か深い事情があってそのために悲しい辛い出来事が起こったりしないように確かめようと思ってお父さんにも教えて。

一磨さんにも話すことになるんでしょうか。でもそうすると五月さんにも教えて、結局家族全員に知られてしまうのですけれども。

「一磨さん」

「うん」

「教えてもらって助かりました。ばったり会ったりしたら、かなり動揺したかもしれません」

「だろうね。僕はあの試合のとき、あの人の顔は遠くからしか見ていなかったけれど、全体の雰囲気は変わっていなかった、禄朗くんならすぐにわかったかも」

「いくつになられたんでしょうね？」

「七十八になるって言ってた」

二十年経っているんですから、試合のときには五十八歳だったんですね。禄朗さんが、少し息を吐きました。

「一磨さんが感じたように、何かはあったんですよ。いくら高校生だったとはいえ、あの一球のせいで負けたっていってていきなり殴るような乱暴者じゃないです僕は」

「だよね」

　五月さんも渋い顔をして頷いています。

「いくら訊いても、何も言わなかったのよこの子。大変だったわよ。二葉とか三香とか学校に怒鳴り込むしさ」

「怒鳴り込んだんですか？」

　それは知りません。

「そうなのよ。理由も聞かずにいきなり留年させるなんて何の権利があるんだ！　ってね。でも肝心の禄朗が本当に殴った理由を言わないし、言わないどころか一言も喋らないで黙って受け入れたものだからさ」

　そうだったんですね。

「そうです。何があったのかは、今も言えません。荒垣さんに、僕のことを教えてはいないんですよね？」

「もちろん！　話しちゃいないよ」

「そのまま内緒にしておいてください。もしも向こうが何かのきっかけで僕に気づいて、そして僕のことを一磨さんに訊いてきたのなら、実は義弟なんだと普通に教えてもいいです。たぶん、向こうも会いたくはないでしょうから、近づいてくることもないでしょう」

　一磨さんが、少し顔を顰めました。

「それでいいなら、そうするけど」

「向こうだってもうなんとも思っちゃいないかもよ。二十年も前のことなんだから殺人だって時効になるわよ」

「いや殺人に時効はなくなったよ」

　確かそのはずですけれど、そんな物騒な話じゃありません。

「でも、そういうことなら、ひとつだけはっきりさせてよ禄朗」

　五月さんです。

「何を？」

「この先も、真紀さんはうちの社員としてバリバリ働いてもらうのよ。お家ができて、今まで優紀くんの世話で働けなかった分ももっとね。だから、〈ゲームパンチ〉としては、義父である荒垣、なんだっけお名前」

「荒垣秀一さん。〈ＡＲＧホームラン〉の社長さんだよ」

「そう、その荒垣秀一さんや、あんたが殴った真紀さんの義理のお祖父様である荒垣、えーと」

「荒垣隆司さん。〈ＡＲＧホームラン〉の前身である〈スポーツジム　ホームラン〉を作った人で、現会長さんね」

「その方たちと、頻繁に会うようなことになる、かもしれないのよ。真紀さんはすっごくいい子なんだから。ずっとうちで働いてもらいたいのよ。だから、はっきりさせてほしい」

「だから、何を」

五月さんは、目を細めました。

「あなたは、自分が正しいと思って荒垣隆司さんを殴ったのね？　そのときはそう思ったじゃなくて、今も間違っていなかったと思ってるの？」

禄朗さんが、口元を引き締めました。

「暴力はいけなかったと、そのときも今も思ってる。そこだけは後悔しているし申し訳なかったと思っている。けれども、殴ってしまった理由に関しては、僕は正しいと思っている。あのときも、今も変わらず」

「逆に言うと、荒垣隆司さんは殴られて当然のことをした、って今も思っているんだね？　いや暴力は駄目だとしても、だけど」

禄朗さんは、ゆっくり頷きました。

「今も、そう思っています。暴力を振るったのは間違いなく僕に非がありました。でも、決してやってはいけないことを彼は、荒垣球審はやったんです」

言わないいんですね。

「わかったわ。そういうことにしましょう。もしも荒垣さんと親しくなって、禄朗のことを知ったとして殴った云々《うんぬん》の話が出たとしたら、そういうふうに言うからね？　うちの弟は間違っていませんでしたからって」

話も終わって、晩ご飯も済んで、お二人は家に戻っていきました。

「禄朗さん」

「うん？」

「どうして荒垣球審は〈嘘〉をついたのか、禄朗さんも今となってはわからないって以前に言いましたよね」

「言った」

「でも、今お二人に話したニュアンスでは、何となくその理由を知っているような雰囲気だったんですけど」

あぁ、って禄朗さんは頷きます。

「ユイちゃんにはそういうふうに聞こえちゃうよなって思っていた。違うんだ。殴る前にもちろん僕は荒垣球審に訊いたんだよ『何故、嘘をついたのか』って。ストライクだとわかっていたのに、何故ボールとしたのかって」

「答えたんですか？　荒垣球審」

「こう言ったんだ。『嘘などつくものか。あれはボールだった』って。でも『嘘などつくものか』っていうその言葉も〈嘘〉だったんだよ」

嘘に、嘘を重ねた。

「つまり、嘘をついた理由があるのに、それを嘘で隠した」

「そう。だから、思わず殴ってしまったんだ。もしも何か、何でもいいさ、俺が気にくわなかったとかでも良かった。そういう〈本当の理由〉を話してくれれば、殴らないで済んだのになって今でも思うよ」

そういうことだったんですね。

でも、間違いなく何らかの〈理由〉はあったんですね荒垣球審に。嘘をついて結果的に禄朗さんたちを甲子園に行かせなかった理由が。

☆

「入れ違いだったのか」

偶然ですけれど、一磨さんと五月さんが家に帰っていってすぐに、お父さんが来ました。本当に入れ違いで、お父さんは二人がここを出て〈ゲームパンチ〉さんに向かって歩く後ろ姿を見たそうです。

「鉢合わせしたら、またちょっと誤魔化さなきゃならなかったな。今夜は何で来たのかって」

「いや、父親が娘に会いに来るのに理由なんかいらないですよ。誤魔化さなくても大丈夫でしたでしょうけど」

「何の話があったんだ？　まだ営業中に二人揃ってここに来るなんてことは、あまりないんじゃないのか？」

そう言われて、禄朗さんと顔を見合わせました。

真紀さんのことを調べてもらっているんです。今日聞いた話も、全部真紀さんのことですから。

「今日は、真紀さんのことですか？」

禄朗さんが訊くと、お父さんは頷きました。

「ちょっとしたことがわかったんでな。それを教えようと思ったんだが、話すか？　その前に聞いた方がいい話があるのか？」

「実は」

禄朗さんがお父さんに今日偶然にわかった真紀さんの家の話をしました。

私が五月さんと一緒に真紀さんから聞いた話、そして一磨さんが荒垣球審に偶然出会って新居まで行ってきて聞いた話。

その前に、荒垣球審を禄朗さんが殴った話も。

お父さんは殴ってしまったことまでは知りませんでしたが、その試合のことは仁太さんに聞いていたそうです。一年生のときにレギュラーでもう少しで甲子園に行ける試合だったので。

「なるほどな。そういういきさつがあったのか」

「そうなんです」

「しかし、奇縁というか何というか、その荒垣球審と例の野々宮真紀さんが、家族になっていたとはな。びっくりだな」

禄朗さんは、頷きます。

「確かに驚きました。いや、荒垣球審が近くに住んでいるかもしれない、っていうのはわかっていたんですけどね。同じ地区で登録されている審判員でしたから」

「そりゃそうだわな。しかし確かにその一球で甲子園に行けたのに、嘘でボールにされちゃあ、怒るわな。俺でもぶん殴っていたかもしれないな」

「殴ったのは、本当に若気の至りってやつで。反省はしていました」

だから留年も素直に受け入れたんですよねきっと。

「で？　何で殴ったんだ？　つまり、試合が終わった後に確かめに行ったんだよな？　どうして嘘をついたのかって。だから思わず殴っちまったんだろ？　俺はもう禄朗くんが嘘がわかるのを知ってしまったんだから話せるんじゃないのか？」

「それは」

さっき私も初めて聞いた話をしました。

「なるほど、〈嘘〉をまた〈嘘〉で隠したから、思わずぶん殴っちまった、か。そういうことか。しかし〈嘘〉で隠したからには、荒垣球審には何らかの理由があったんだよな。それはつまり禄朗くんたち〈代嶋第一高校〉を甲子園には行かせたくない、っていう理由だってことだよな？」

確かに、そういうことになると私も思っていました。

「そいつはどんな理由か、か。それを調べるのも面白そうだが、警察の仕事じゃねぇしな」

「違いますね。そもそも荒垣球審にしかわからないことでしょう。取り調べするわけにもいきませんし、今更それがわかったところでどうにもならないことですから」

だから、荒垣球審がすぐそこにいるとわかっても、会う必要もないって禄朗さんは思っているんですね。

「ま、そりゃそうだな。ひょっとしたらこの真紀さんに関わる奇縁で何かがわかるかもしれないがな。それで、だ」

お父さんが胸ポケットから手帳を取り出しました。

「その野々宮真紀さんのちょっとしたことってのは、ひょっとしたらちょっとしたどころか大したことかもしれないんだこれが」

「大したこと、ですか」

手帳を開きます。

「実は、今聞いた引っ越し、野々宮真紀さんが新居に引っ越ししたのも摑んでいた。その家は荒垣秀一さんが建てた家だってこともな」

「そうなの?」

「そりゃそうだ。野々宮真紀さんのことを調べ始めたんだ。誰にも知られないように調べるには、住所から辿っていくのがいちばんの近道だ。だから俺はお前たちがさっき聞いた話を、二日前に摑んでいたんだよ」

禄朗さんは驚いていないので、元警察官としては、それはそうなるだろうってわかっていたんですね。

「家族構成だ。もうわかっていることだが、野々宮太一、野々宮真紀、そして一人息子の優紀くん。野々宮太一の母親の尚子さんは認知症で施設に入っている。離婚した父親は荒垣秀一さんで、尚子さんの施設入居関係は全部この秀一さんが手配した、ってところまで、全部調べた。誰の人生にもいろいろあるんだが、なかなか野々宮さんのところにもいろいろあるってもんだ」

そうなんだと思います。

「まぁ良かったよな。この離婚した荒川秀一さんは大したもんだ。俺なんか爪の垢を煎じて飲めってもんだな。もう三十年も前に離婚しているのに、元妻を施設に入れてしかも息子のために自分の新居を拡張して迎え入れてやってるんだ。やり手の社長さんでな。居酒屋には俺もよく行っていたよ」

「僕もそこは驚きました。本当によく知っているチェーン店だったので」

私もです。

「で、お前たちが知らないことだ。たぶんこれは〈ゲームパンチ〉のお二人も知らないんじゃないか？　野々宮真紀さん、旧姓は浅川だ。浅川家は、父親が浅川敬伍さん。もう定年退職しているが、大手機械メーカーの技術者だったようだな。そして母親の浅川萌子《もえこ》さんは二十年前にガンで死去している。真紀さんがまだ小学生の頃だろう。それから浅川敬伍さんは、娘を男手ひとつで育て上げているな」

「そうだったんですね」

お父さんは、何かしんみりしたふうに頷きます。

「こちらも大したものだと思う。立派に娘を育て上げたんだからな。そしてだな、実は真紀さんには妹がいる。浅川美紀《みき》さんだ」

「え、そうなんですか」

妹さん。美紀さん。

姉妹だから、同じような名前なんですね。

「この浅川真紀さんと美紀さん。姉妹揃ってまぁ当然だが同じ小中学校そして高校を出て、そこから進路は別になっている。真紀さんは美術系の専門学校へ行って、そして美紀さんは教育大に進んで音楽教師の道を選んでいるんだな」

「音楽、ですか」

「ピアノの先生もやったらしいな」

ピアノの先生。これもまたまるで違う件ですけど、偶然の一致です。

「そしてだな、ここからが肝心の話になるんだが、真紀さんの夫である太一さんが奇跡的に回復はしたが、ほとんど植物状態になってしまっていた事故のことだ」

「それも、調べがついたの？」

「ついた。さっきも話に出ていたな？　今日、ユイも話を聞いたっていう旦那さんの太一さんの事故の件」

「はい」

奇跡的に、真紀さんと優紀くんは軽傷で済んだという事故。

「ユイは思ったんだな？　話を聞きながら『どことなく、何かがしっくり来ないような感じがした』って」

「はい」

ずっとそれがしていました。

「案外、それは当たっていたのかもな」

「どういう意味です？」

禄朗さんが、眉を顰めました。

「なんら不審なところはない普通、と言うと怒られるが俺たち警察官にしてみるとありふれた交通事故だったが、きちんと記録に残っていた。野々宮太一の名前でデータベースを当たったらあっさり出てきたよ。高速道路のＳＡ《サービスエリア》で起きた事故だったんだ」

「ＳＡですか」

「一年半ほど前だな。まだ太一さんがＳＥとして働いて、真紀さんは主婦として家を支えていた頃だ。優紀くんは三歳ぐらいか。野々宮一家は、休日に小旅行に出かけた。高速道路に乗っていき、途中のＳＡに寄ったんだ。ごく普通に駐車場に車を停めた。そこに、だ」

お父さんが顔を険しくさせました。

「後ろから一緒に入ってきた大型トラックが、追突してきた」

「追突？　どうして？」

「運転手が、心臓発作で急死だ」

思わず顔を顰めてしまいました。運転手さんが。

「大きいSAだったんでな。目撃者が多数いた。追突される一瞬前に、後部座席にいた真紀さんは気づいたんだな。横でチャイルドシートに座っていた優紀くんを咄嗟に抱きかかえて、後部ドアから飛び出した。それで、二人とも軽傷で済んだんだ」

「けれども、太一さんは頭を打ってしまって大怪我を」

「そうだ。そしてな、この小旅行には妹さんである美紀さんも一緒にいたんだ」

「えっ?!」

思わず声が出てしまいました。お父さんが、頷いて続けました。

「美紀さんは、助手席に座っていた。美紀さんも太一さんと同じように頭部を強く打ち付け、残念ながら死亡してしまっていた。ほぼ即死状態だった」

禄朗さんも、驚いています。

「他にも巻き込まれた車は三台あったが、乗っていた人たちはいずれも軽傷、もしくは骨折程度の怪我で済んでいる。妹さんが亡くなっているなんて、真紀さんは言わなかったんだろう?」

「言ってなかった。聞いてない。じゃあ、私が何かしっくり来ないような感じがしたのは」

「そこかもしれんな。あえて真紀さんは言わなかったのかもな。もったいぶってしまったがな、禄朗くん」

「はい」

お父さんが、眼を細めました。

「お前さんならもう察しが付いたろう。真紀と美紀、という似た名前の姉妹。小旅行にも一緒に行っているような仲の良さ。野々宮真紀さんと浅川美紀さんは双子の姉妹だった」

双子。

真紀さんは、双子の姉妹。

「それじゃあ、お父さん」

お父さんが、頷きます。

「禄朗くんは、野々宮真紀さんの名前、〈真紀〉が嘘だとわかっていた。どうして嘘の名前で暮らしているのかと、何か悲しく辛いことにならなければいいと心配した。〈真紀〉さんの本当の名前は何なのか」

「美紀」

禄朗さんと二人揃って言ってしまいました。

美紀さん。

真紀さんは、実は、美紀さん、かもしれない。

「そうだな。そう考えれば、素直に繋がるのさ。その事故で亡くなったのは、浅川美紀さんではなく、野々宮真紀さんだった。そして浅川美紀さんは、どうやったのかは推測するしかないが、その場でお姉さんとすり替わった。そっくりな双子だったらしいぞ真紀さんと美紀さんは。持ち物さえ交換すれば、誰も気づかなかったんじゃないかな」

「でも、何も証拠はないのよね?」

「ない」

はっきりとお父さんが言いました。

「仮にDNA検査をしたとしても、一卵性双生児の場合はほぼ一致するはずだ。つまり、野々宮真紀さんです、と証明できることになるな」

「そうですよね」

「ただ、状況証拠という観点で考えるならば、夫が運転する車で助手席に座るのは普通は妻じゃないか? つまり、野々宮真紀さんだろう。妹である浅川美紀さんは後ろに座るのが普通だろう。まぁ優紀くんが後部座席なので、お母さんである野々宮真紀さんが後部座席に座っていたんだ、という可能性ももちろん充分にあるんだがな」

「それならば」

緑朗さんです。

「本当に野々宮真紀さんが後部座席にいて生き残っていたんなら、僕が野々宮真紀さんの〈真紀〉に〈嘘〉を感じるはずがないですね」

「だな。ただし、緑朗くんのその直感が間違っていなければ、だが」

「どうして」

浅川美紀さんが、双子のお姉さんの野々宮真紀さんになりかわっているとしたら。

「どうしてそんなことをしているのかは、真紀さん、あ、美紀さんに訊くしかないんですね」

「その通りだな」

どうして、お姉さんになったのか。

「いくつか、疑問はありますけれど」

「あるな」

お父さんがまた手帳をめくりました。

「まず、夫である太一さんが気づいていないのか？　だ。だがこれは太一さんの外傷性脳損傷。そこからの記憶障害、認知障害などでまったく気づいていない、とは考えられるな。さっきも言ったが、真紀さんと美紀さんは親でも区別がつかないほどに外見はそっくりだったらしい」

それは、一応は納得できます。

禄朗さんが頷いて続けました。

「では、父親である浅川敬伍さんも気づいていないというのはどうか？　ですよね。これも、もともと親も区別がつかないほど似ていたのに加えて、娘が死んだんです。そして生き残っている娘が『私は真紀よ』と言えば、それを疑うはずもありませんね」

そういうことだな、とお父さんが続けます。

「むろん、太一さんの母親はわからないだろう。認知症になっているのだから。では優紀くんはどうか、となると、今現在の真紀さんを母親としているのだから、なにをかいわんや、だな。本当の母親だと思っているんだろう。そもそも優紀くんは叔母である美紀さんにもしっかり懐いていたらしいからな。その他の友人知人云々は、正直言って誰も気づいていないのかどうかは、わからん」

「時間は、あったんでしょう」

「時間ですか？」

何のことですか。

「言葉は悪いが、なりすますための時間だ。事故で夫が植物状態になってしまったんだ。どんなに親しい友人でも知人でも、何か変だ、と感じても事故のショックのせいだろうと思う。そしてあれこれいろんなものを整理する時間だってたっぷりあっただろう。生活を立て直すためにいろいろやっているんだな、と」

「だな。なりすますという表現は確かに悪いが、仲の良い双子だったのだから、美紀さんは真紀さんの何もかもを知っていたんだろうし、その逆もそうだったんだろう。そのまま姉の真紀として生きることは、まるで難しくなかったんじゃないか」

そういうことになるんでしょう。

野々宮真紀さんは、しっかりと生きてきたんです。今も、夫を支え子供も愛し、ちゃんと生活しているんです。

何も悪いことはしていません。

でも。

「美紀さんは、浅川美紀という自分を捨てて姉である真紀さんとして生きる。それを、その事故のときに決めた、ってことになるんだよね？」

「そうだろうな。想像するに、すぐに浅川美紀さんは太一さんと真紀さんの生死を確かめたんだろう。太一さんは生きていた。しかし野々宮真紀さんは、姉は即死していたんだ。その瞬間に、姉になろうと決めて、おそらく持ち物を交換した。財布とか免許証とか貴重品が入っているバッグとかそういうものだろうな。そしてその時点から、姉として生きてきたんだ」

「どうすれば、そんなことを決めることができたんでしょうか」

「想像するしかないけれど」

禄朗さんです。

「本当に下衆な想像になってしまうけれど、浅川美紀さんはそれ以前から、義兄である太一さんのことが好きだったんじゃないか。家族になった者同士の家族愛とかいうものじゃなく」

「男女としての、愛ですか」

「それを隠して、義兄義妹として過ごしていた。仲良くやっていた。少なくともそういう気持ちがどこかにないと、その一瞬ですり替わろうなんていう決断ができるとは思えない。妹として生きても、義兄や愛する甥っ子を守ることはできたはずだ。それ以上の、妻と母になるなんていう決断は」

「相当な気持ちがなきゃ、できねぇな。俺も似たようなことを考えたよ。もっと下衆っぽい想像もしちまったが、それは言わないでおく」

私も、たぶんお父さんがした想像をたった今、してしまいました。もっと深いところで繋がっていたのかもしれない。

いずれにしても。

「禄朗さんの嘘がわかる力を百パーセント信じる限りは、今の野々宮真紀さんは浅川美紀さんで間違いないんでしょうね」

「そう思わざるを得ないな。そっくりな双子の姉妹ってのがわかっちまったら、誰でもその結論に辿り着くだろう」

禄朗さんが、息を吐きました。

「納得はできますが、これはもうこれ以上調べることも、そして誰かに訊けるはずもないですね」

お父さんも、頷きます。

「訊けないだろうな。俺も捜査じゃなければこれ以上は何もできんし、あまりしたくもない。ここまでは誰にも知られずに調べられた。ここから先は、誰かに訊かなきゃ何もわかってこないが、訊いて回るわけにもいかんし、そんなことをする権利もない。もちろん、禄朗くんにも、ユイにもないな」

ありません。

「でも、お父さん。これは、犯罪にはならないの?」

お父さんが、顔を顰めました。

「別に、追いつめようとかそんなつもりじゃなくて、もしも他の誰かにバレた場合、その辺は」

「まぁ、詐欺行為に繋がるものになるんだろうが、実はただなりすましているだけなら、犯罪じゃない。自称何とか、ってやつと同じだな。ただ、もしも浅川美紀さんが姉になりすまして何らかの莫大な利益を得ているのなら、それを狙ってやったことなら犯罪だ。しかし、この場合は、な」

「利益なんて得ていないでしょうね。むしろ彼女は苦しい道を歩んでいる。自分を捨ててまで」

そうですよね。

「まぁ真紀さんの生命保険とかいろいろ調べれば違法性にぶつかるかもしれんのだが、これに関しては俺は知りたくもないし、やりたくもない。これが真実だとしても、俺はこのまま墓まで持っていくつもりだよ」

私も、そう思います。

「考えてはいたんですよ。〈嘘〉の名前を名乗って普通に暮らしているという時点で、ひょっとしたら双子かな、と」

「だろうな。俺もそれは考えた」

「まさか、本当にそうだったとは」

「でも、これで心配事がなくなったってことにはなりませんよね？　もしも、私たち以外の人がこれに気づいて、何か困った事態になってしまう可能性は充分にありますよね？」

お父さんも禄朗さんも、頷きます。

「あるんだが、少なくとも俺にはどうしようもない。まさか本人に訊けないしな。平和な暮らしに波風どころか、台風を巻き起こしちまう。さっきも言ったがそんな権利もない」

「権利という意味合いでは、訊けるというか、堂々と確認できる人物はいますね」

権利、ですか？

「誰だ？」

「一磨さんと、姉の五月です」

そうか、ってお父さんが頷きました。

「雇用者だからな。雇用する際にその人物が虚偽の申告をしていたのなら、か。確かに野々宮真紀さんは嘘をついていることになるからな」

「そういうことです。でも、そんなことしても誰も幸せにはなりません。見守っていくしかないです」

その嘘にたった一人気づいている、禄朗さんの、判断。

でも。

「見守らせてください、と言える方法はないでしょうか」

「方法？」

「誰にも気づかれないように、このまま平和に野々宮さんが暮らしていけるために、私たち真実を知った者ができることはないでしょうか？」

十六　見守ることはできるのか

誰にも気づかれないように見守る。

自分で言っておいて、すぐにそんなことはできないんじゃないだろうかって考えてしまいました。

禄朗さんも、お父さんも、うーん、と考え込んでしまいます。

「無理、だろうな。いや、不可能、違うか。どう言えばいいんだこれは。結局のところ、真紀さんが美紀さんであることをはっきりと証明しなきゃ、正面からでも裏からでも、見守ることなんかできやしないだろう」

お父さんが言います。

そう、ですよね。

「そしてそれを証明するには、結局のところ、本人に訊く、確認するしかない。でも、本人に訊く、ということ自体が、真紀さんが最も恐れていることだろうから、そんなことはできない」

禄朗さんです。

「できませんよね」

自分が真紀ではなく美紀であることは、間違いなく決して誰にも知られてはいけないことのはずです。

それが誰かに知られた時点で、今の真紀さんたちの暮らしが崩れてしまうかもしれないんです。

「今、この野々宮真紀さんたちの暮らしは一変して、苦しかったところから少しは楽になろうとしているところだよな？」

「そう、ですね」

「そんなところにな、俺は絶対に顔を出せないとして、いくら雇用主の弟夫婦、いやまだ夫婦じゃねえが、そんな二人だったとしても『あなたは美紀さんじゃないんですか』って。そりゃあもう、恐怖でしかないだろうよ」

その通りです。

「やっぱり無理ですね」

見守るにしても、このままただ黙って推移を見ていくしかないのでしょうね。そしてそれは、ただの知人であることと何ら変わりないってことになります。

「まぁ今まで何とかなってきたんだろうし、俺も一応は考えたが、どうしたって〈野々宮真紀〉が〈浅川美紀〉である証明は誰にもできっこないんだから、心配ないんじゃないか、とも思う」

「できない？　ゼッタイ？」

「絶対はこの世にはねぇけどな。仮に警察としての捜査の観点からしても、ほぼお手上げの状態だ。禄朗くんならわかるだろうけどよ」

禄朗さんが頷きます。

「何もできない以上、もうどうしようもないですけど、指紋は確か、一卵性双生児でも違いますよね。残された手段はもうそれしかないですよね」

そうか、指紋がありますね。

「指紋はあるな。一卵性双生児の場合は似てるそうだが確かに違うらしい。だが、そもそも真紀美紀姉妹の指紋自体が残されていないだろう。今いる野々宮真紀さんの指紋と、浅川美紀さんの指紋を比べることができねぇんだ」

「浅川家の実家の状況は、どうなっているんでしょうね」

禄朗さんが言うと、お父さんがメモを見ます。

「実家には今は、父親である浅川敬伍さんしかいないな。その実家は浅川家の持ち家で姉妹が生まれた頃から住んでいたところだから、まぁ姉妹がいなくなった後に改装とかしていなければ、徹底的に漁りまくれば姉妹の指紋はひょっとしたら出てくるかもしれないが、集まった指紋の照合自体ができない」

「母親は既に死亡していますからね」

「その通り。仮に家族四人分らしきものの指紋が採取できたとしても、照合できるのは浅川敬伍さんと野々宮真紀さんのみ。そしてその指紋は二人の指紋なんだな、わからない二人分の指紋は亡くなった母親と浅川美紀さんのものなんだな、と、結論付けるしかない。もちろん、警察のデータベースに四人の指紋なんか残っていないぞ。犯罪やら何やらに巻き込まれたことは一切ないからな。とにかく、野々宮真紀さんはここに存在している。誰も浅川美紀だと疑う人なんかいないないってことだ」

そうか。

「事件として扱うことを考えれば、これは状況証拠になってしまうけれど、姉妹の部屋がそれぞれ残されていて、そこに指紋が多数見つかれば、これはおそらく姉の真紀の指紋、そして妹の美紀の指紋というふうに分類ができる。それと今の野々宮真紀さんの指紋を照合すれば」

「確実なものではないにしろ、妹の美紀さんの部屋に多数残されていた指紋と一致したら、状況証拠としては」

「野々宮真紀さんは、浅川美紀ではないか、と、推測される」

「捜査の観点から考えれば、だな。だが、そんなことができるのは警察だけだ。やる必要もないだろうしな」

そうですね。

これが何かの事件に巻き込まれて、野々宮真紀さんが実は美紀さんですって証拠を挙げれば真紀さんが助かる、とでもいうのならやってもらいますけれど。

そんなことは、できません。

「だから、とりあえず安心しておけ、だ。見守るのは今までのように、知人として友人として接しておけばいいってことにしかならん」

「このまま本当に何もしないのが、最善ってことですね」

「そういうことになるな。唯一の懸念事項は夫である太一さんだが、これにしたって今まで何ともなかったんだろうしな。まぁひょっとしたら、二人がわかっていて周囲には黙って夫婦を演じている、という可能性もなきにしもあらずだが、そんなことを俺たちが考えてもどうにもならん」

二人がそれでいいと思っているのなら、周りがとやかく言うことじゃないですね。

禄朗さんが、何かを考えています。

「浅川家の実家は、どこなんですか」

「千葉《ちば》県だな」

千葉だったんですね。

禄朗さんが、頭脳をフル回転させているのがわかりました。

「何を考えているんですか」

「いや」

うん、と頷きます。

「どう考えても、このままそっとしておくしかない。それはもう間違いないことだよ。そうしよう。権藤さんも、僕が言い出してお手数かけてしまって申し訳なかったですけど」

「そりゃ別にいいさ。俺も納得してやったことだからな。そしてこのままそっとしておくのにも賛成だ。黙って見守っていくのにもな。何かあるのか？」

「そうですね」

緑朗さんが、外を見ました。

「偶然は、縁ですよね」

偶然は、縁？

「僕がずっと気になっていた名前で〈嘘〉をついている野々宮真紀さん。今まで何もなかったんです。気にはなっていたけれど、本当に何もなかった。それが、ここに来て、僕が引き起こしたあの一球と関わってきた。野々宮真紀さんが、〈嘘〉をついていた荒垣球審の孫の妻というのが突然わかったんです。荒垣さんまでもが、偶然に一磨さんと知り合った。この偶然が、縁なんだとすると」

「すると？」

「他にも、縁が動き出すんじゃないかって気もするんですよ。もしもその縁が動いたときに、ひょっとしたら僕にできることが、やった方がいいんじゃないかって思うことがいくつかあるんです。そのための準備はしておいた方がいいかなと思うんですよ」

縁が、動き出す、ですか。

「どういうふうに動くんでしょう」

「それは、まだ言えないかな。いずれにしても、まずはここまでにしておこう」

お父さんに、本当にいろいろすみませんでした、って緑朗さんが頭を下げます。話はこれまでです、って。
そういう禄朗さんの瞳に、何か揺れるものがあったような気がして、察しました。
お父さんの前では、言えないようなことを考えたのかもしれません。
ひょっとしてそれは。

十七　その嘘がもたらしたものは

　朝ご飯を食べながら、今日から真紀さんはフルタイムで働けるのよ、って五月が。

「そうだね」

　衝撃的とも言える事実がわかった昨日。それは大げさか。でも本当にびっくりしたよ。まさか真紀さんの義理のお祖父さんが、あの禄朗くんが殴ってしまったアンパイアの荒垣さんだったなんて。

　それも縁と言えば縁なのか。

「できれば給料もベースアップしてあげたいけどねー」

「それは、無理だよ」

「無理なのよねー」

　働いてくれている人、全員の給料は上げたい。もう何年も据置《すえおき》のままだ。これ以上僕のラノベ作家としての印税収入を回してしまっては、もたなくなってしまう。最悪なのは、潰してしまうことなんだ。

「でも良かった。新しいお家に住めて。優紀くんのことをお祖父ちゃんお祖母ちゃんに見てもらえて」

「それはね、本当に良かったよね」

正確にはひいじいちゃんにひいばあちゃんなんだけど。お二人とももう全然頭はしっかりしていたから、優紀くんが小学校に上がってもう一人でも平気になるぐらいまでは大丈夫だと思う。

保育所というか、子供を預かっておくスペースをうちでも作ろうかって話は前からしていたんだ。

うちは中身は二階建てのビルではあるけれど、実は大きさとしては四階建てぐらいのものがある。一階分の天井高がめっちゃ高いからね。回廊みたいなスペースが一階にも二階にもあるから、その気になれば多少天井が低い四階建てにもできる。だから、改装することはいくらでもできたんだけど、でも、小さな子供がいる従業員は真紀さんだけだったからね。そこまでは踏み切れなかったんだけど。予算もないし。

「思ったんだけどね」

「うん」

「禄朗のこと、真紀さんを通じて荒垣さんに教えておいた方がいいんじゃない？　実は妻の私、〈ゲームパンチ〉専務の私の弟は、宇部禄朗ですよって。あなたをぶん殴ってしまった高校球児だった男ですって」

「荒垣さんに？」

「だって、真紀さんがいる限り、ずっとこの関係は続くのよ？　私たちは知ってて向こうは知らないっていうのがずーっと続くって、なんか気持ち悪くない？　しかも真紀さんも何も知らないままっていうのも」

まぁ、確かに。

今後会う度に、こっちが隠しているような気になっちゃうよね。

「かといって、私や一磨くんが荒垣さんの家までわざわざ言いに行くのもなんかおかしいし。だったら、真紀さんに全部話して、真紀さんから荒垣さんに伝わるようにしてもらった方がいいんじゃないかしらね」

「そうだねぇ」

全部わかったのはつい昨日なんだからな。

「早いうちに、真紀さんに言っておいた方が、変に思われないよな」

「そうなのよ。このまま隠しちゃうのって、なんか真紀さんとの関係を悪くするような気がするのよね」

確かに、そうだ。

禄朗くんも何かのきっかけで向こうにわかってしまったのなら、強いて隠す必要もないって言っていたし。

「今日、真紀さん出社したらちょっと時間取って、話しましょう。禄朗には今、電話して話しておくから。真紀さんには教えるからねって。そしてお祖父さんにも話していいからって言っとくって」

「わかった」

「荒垣隆司さんね？　お祖父さんが。そして義理のお父さんが社長の荒垣秀一さんね？」

「そう」

「ややこしいからメモしておかなきゃ」

隆司と秀一。別にややこしくはないと思うけど。


真紀さんは、びっくりしていた。

そりゃあするよね。

「専務の弟さんが甲子園に行った高校球児だった、っていうのは、前から知っていたんですよ」

「話したっけ？」

「いえ、誰だったかな。誰かに聞いたんです。児玉さんだったかな」

そうだね、児玉さん野球好きだからな。

「それで、荒垣の祖父も、昔は高校野球のアンパイアをやっていたっていうのは聞いていたので、ひょっとしたら同じグラウンドにいたこともあったのかな、なんて考えたことはあったんですけど」

まさか、だよね。

真紀さんは、深く息を吐いた。

「高校球児に殴られた、って話までは知らなかったよね」

「知りませんでした。そもそも別れた父親の、荒垣の方なので、夫もあまり話はしてくれなくて」

そうだよね。離婚した父方の話なんてあんまりしないよね普通は。

「まぁとにかくそういうことなのよ。こうしてね、真紀さんも荒垣さんと繋がっちゃったし、いや元々繋がっていたんだけどね。私たちもそうなったし、黙ったままでいるのもなんだってことでで。さっきも言ったけど、お祖父さん、荒垣隆司さんには禄朗のことを教えてもいいかなら。っていうか、私としては真紀さんからスパッと伝えてもらった方がいいんだけどね」

真紀さんが、頷く。

「そうですよね。専務や社長が荒垣の祖父にわざわざ伝えに行くのも、おかしな話ですよね」

「まぁおかしくはないけどね。それこそ禄朗くんの身内としてその節は申し訳ありませんでしたって菓子折り持って謝りに行くのが筋なのかもしれないけど」

「いや、それはやったのよ昔に」

「あ。やったの？」

話してなかった？　って五月が言う。聞いてないよ。

「もちろんまだ元気だったうちの父と母が出向いて行ったわよ。わざわざ荒垣さんの住所を調べてね。それこそ当時はうちで作っていた和菓子とか詰め込んだ菓子折り持って」

「全然知らなかった」

でもそうか、普通はやるよな。

「私と太一さんが出会う前の話ですよね」

「もちろんよ。禄朗が高校生のときなんだから、真紀さんなんかまだ小学生でしょう。荒垣さんも、息子の秀一さんはもう奥さんと別れていた頃でしょう？」

真紀さんも頷いた。確か、太一さんが幼稚園ぐらいのときに別れたんだよね。

「それで、そのときはどうなったの」

「どうもこうも。ただ謝ってきたって。でも、向こうは、荒垣さんは特に怒っていなかったって言ってたわね。こちらこそ申し訳ない、って言ってたみたいよ。久しぶりに思い出したわそういえば」

「え、どうして申し訳ないって言ったの向こうが」

五月がちょっと考えた。

「何でだったかしら。試合をコントロールできなかったのは、つまり禄朗がそんなことをしてしまったのは、審判の自分の責任でもあるんだ、みたいなことだったかしらね。もう昔のことでおぼろげになってるけど、確かそんな感じのことを言われたはずね」

まぁ、そういう解釈もできないこともないか。

でも、謝っていたのか。ということは、やっぱり少なからず荒垣さんの方にも何かあったってことなのかな。禄朗くんに対して。

「まぁとにかくそういうことでね。なんか申し訳ないけど、真紀さんから荒垣のお祖父様に話しておいてね。〈たいやき波平〉の店主は、あなたを殴った高校球児の宇部禄朗で、私の職場〈ゲームパンチ〉の経営者の弟なんですよ、って」

真紀さんが、わかりました、って頷いた。

☆

実は、火の車なんだ。〈ゲームパンチ〉は。いやそこまで大げさに言わなくてもいいかもだけれど。

それはラノベ作家としての収入がそこそこまだあるからだし貯金なんかもできているからなんだけど、その作家の仕事は今のところ消えかかっている。

一生懸命ネタを考えて、今まで本を出してもらっているところに持ち込んで書かせてもらわなきゃ、もう消えかかってはいるんだけど。

あまりやる気が出ない。そんなことを言っていては駄目なんだけど。

もちろんそれは、経理をやってもらっている五月もよくわかっている。

「どうしようかしらね」

パソコンに向き合って、五月が言う。

何をどうしようかって言ってるのかは、わかってる。借金でもして改装したりして、もっと〈ゲームパンチ〉を大きくして収益アップを図っていくのか、それともこのまま細々と火が消えるまでとことん頑張るのか。

「貯金使ってしまえば、改装なりいろいろ手は尽くせるのよね」

「だよね」

「でもそうすると、それが失敗したときは悲惨なのよね。まぁ借金さえしなきゃこの家は残るだろうから雨風は凌げるだろうけど」

「雨風はね」

情けないことを言えば、倒れたとしても宇部家のきょうだいの結束で何とか僕ら二人のことは面倒を見てもらえるだろうけど。どこかで雇ってもらったりね。なんだったら僕もたいやき焼いてもいいかなって思っているんだけど。

でも、従業員の皆は守れなくなってしまう。

「おはようございます」

事務所のドアが開いて、真紀さんが入ってきた。

「おはよう！」

「おはよう」

タイムカードを捺す。あの話をしてから一週間は経ったかな。その後真紀さんも何も言ってこないし向こうからもコンタクトがないから、それでいいんだなって思っていたんだけど。

真紀さんが何か微妙な表情をしている。

「あの、社長、専務」

「はいはい」

「実は、荒垣の方なんですが」

荒垣さん。

やっぱり何か言ってきたんだろうか。

「どうしたの」

「お会いしたいと」

会いたい。

「え、僕たちに？」

こくん、って真紀さんが頷く。

「禄朗にじゃなくてね？」

「いえ、禄朗さんにも。それで、荒垣の祖父だけじゃなくて、義父も一緒に」

「お義父さん？」

荒垣秀一さんも？

「会いたいって、話があるってこと？　禄朗くんも僕たちも一緒に？」

「そうなんです。何の話なのかは、教えてくれなかったので私はまったくわからないんですけど。ここの営業終了後でも構わないので、できれば近々にお話しできる機会を設けていただきたいってことなんですけれど」

お話しできる機会。

「場所は、どこでもいいそうです。ここでも」

五月と顔を見合わせてしまった。

一体、何の話があるっていうんだろう。しかも禄朗くんも一緒になんて。

「禄朗くんを呼ぶってことは、ユイちゃんも一緒でいいのかなぁ」

「たぶん大丈夫です。皆さんご一緒にってことだったので。私もご一緒させてもらいます」

真紀さんも。


禄朗くんに電話した。荒垣さんが、秀一さんも隆司さんと一緒に、しかも僕と五月も含めてお会いしたいって言ってきたって。

そうしたら、四日後ではどうでしょうかって。その四日後っていう指定に何か意味があるんだろうかって思ったけど、特には訊かなかった。何かいろいろ予定があるんだろうなってことで。

うちはいつでも良かったので、じゃあ四日後に、そしてうちの営業終了まで待ってもらうのは遅くなってしまって申し訳ないから、〈たいやき波平〉の営業終了後の午後七時過ぎに、〈たいやき波平〉に来てもらうことにした。

禄朗くんが、その方がいいでしょうって。〈ゲームパンチ〉の事務所は狭いしいろいろゲームの音が聞こえてきてうるさいし。それに、どんな話があるにせよ、メインは僕の件でしょうって。

確かに。荒垣球審としては禄朗くんへの話だろうけど、そこに息子の秀一さんがどうしてやってくるのかが、よくわからない。

まぁ宇部家の居間なら、その人数でも充分。お茶にたいやきを焼いておくって。それはいいと思う。どんなに剣呑な話になっても、甘いものを食べれば人間優しくなれるから。

晩ご飯をどうしようかって思ったけど、そんなに何時間も話し込むはずもないから、終わった後に、どっかから出前取ってもいいし食べに行ってもいいしってことになった。なんだったら皆さん全員で。

ひょっとしたら、ご飯も喉を通らないような話が出てくるのかもしれないし。

何かの準備をしていたように思いました。

禄朗さんです。お父さんと話して、野々宮真紀さんが浅川美紀さんであることはほぼ確実とわかって。

自分たちにはこれ以上は何もできないし、しない方がいい。ただ、今まで以上に見守っていくだけ、と決めました。

でも、その後に禄朗さんは一人で外出とかしているんです。どこへ行くとかは言わずに。たぶん、セイさんのところだなって思いました。

野々宮真紀さんのことで、何か相談できるとしたらセイさんしかいません。警察官であるお父さんでさえ、これ以上は誰かに知られずに調べることはできない状況でした。その状況をひっくり返すようにやってしまえるのは、きっと〈Last Gentleman Thief "SAINT"〉、怪盗セイントであるセイさんしかいません。

でも、何を調べているのか、そして何を準備しているのかは考えても全然わかりませんでした。

訊かない方がいいんだな、とも。

だって、セイさんが怪盗セイントであることを知っている人はたぶん誰もいないはずです。禄朗さんだって、嘘かどうかを見抜けるから自分ではわかっているだけ。大賀くんのときも、手助けはしたけれども自分で怪盗セイントだとは一言も言っていません。

だから、今回のことも私は知らないでいた方がいいんだなって思って、訊かないでいました。

そうしたら、今度は荒垣球審が。

荒垣隆司さんが、会いたいと言ってきたんです。しかもどういうわけかはまったくわからないんですが、その息子さんの荒垣秀一さんも一緒に。そして、五月さんと、一磨さんに、真紀さんも一緒にです。

全然わからなくなりました。何の話をしに来るのか。


荒垣隆司さん。七十八歳になられるということですけれど、全然そうは見えません。背が高くその背筋も伸び、身体に力さえ感じます。そして、とても優しそうなおじいさんです。

その息子さんで、〈ARGホームラン〉の社長さんである荒垣秀一さんは、あまり隆司さんには似ていませんでした。少し丸顔の方で、身長もお父様である隆司さんより少し低いぐらいです。

この方が、野々宮真紀さんの夫の太一さんのお父さんなんですね。ここ何週間かで隆司さんのことも秀一さんのこともいろいろ聞かされたんですけれど、お二人ともとても優しそうで、でも、いろんな意味で力のある方だと思いました。

さすがにこの人数だといつも使っているちゃぶ台では小さいので、宇部家の家族がまだたくさんいた頃に使っていた座卓を出してきました。

荒垣隆司さんと秀一さん、そして真紀さん。

その向かいに、禄朗さんと私。上座と下座に、一磨さんと五月さんに座ってもらいました。

もちろん、お茶とたいやきを出して。

「焼いたばっかりです。温かいうちにどうぞ。うちの自慢のたいやきです」

禄朗さんが、笑顔で言いました。

「いや、これはありがとうございます」

荒垣秀一さんです。

「では、お言葉に甘えて」

「どうぞどうぞ」

皆でたいやきを頰張ります。本当に、何百個もたぶん食べていますけれど、いつも美味しいんです。

「旨い」

荒垣隆司さんが思わず、って感じで言いました。

「いや、話には聞いていましたが、本当に旨い」

「ありがとうございます」

「これは、確かに買いに来てしまうな。明日からも買いに来ていいですか？」

秀一さんが言います。

「もちろんです。どうぞご贔屓《ひいき》に」

「いや、なんだかこれはうちの居酒屋のメニューに加えたいぐらいだな」

「居酒屋のメニューに甘いものですか？」

一磨さんです。

「いや全然ありですよ。居酒屋でもデザート感覚で甘いものを出すのは、普通にあります。これはあれですか、温め直してもオッケーなものですか。あぁいや、その辺はまた後にしましょう」

皆で笑顔で頷きました。温め直しても全然美味しいです。

秀一さんが、食べ終えて言います。

「とにかくいろいろお話があるのですが、まずは、私から。この度は、こうしてお話しする機会を設けていただきありがとうございます」

社長の秀一さんです。人を楽しくさせる笑顔です。たくさんのお店を抱えるやり手の社長さんだというのも、わかります。

「実は、〈ゲームパンチ〉さんとはもうずっとお会いする機会を窺っていたんです」

身体の向きを少し動かして、一磨さんに向かって言いました。

「というと？」

「改めまして、〈ARGホームラン〉の荒垣秀一です。こちら、まだでしたが、名刺です」

「あぁ、これはすみません。まさかとは思いましたが、持ってきて良かった」

そう言いながら、一磨さんがポケットから名刺入れを取り出して、名刺交換です。五月さんも、やります。専務ですからね。

「うちの、と言ってしまうのも少し憚《はばか》られるのですが、真紀がいつもお世話になっていまして」

「こちらこそです」

「真紀さんにはとてもよくやってもらっています」

「ありがとうございます。もちろん、私と真紀さん、そして息子の太一の間の事情はご存知のことと思います」

知ってます、と皆が頷きました。

「ひょっとしたら、事情を知って疑問に思った方がいるかもしれません。離婚したとはいえ、太一は私の息子。そして真紀さんは太一の妻。新しい家に呼んで一緒に暮らし始めるということをしたのに、何故、真紀さんを自分の会社に呼ばないのか、と」

そうなんです。私は思いました。

たくさんのお店を抱える〈ARGホームラン〉さんです。真紀さんを自分のところで雇うことなんか簡単なんじゃないかって。

一磨さんも五月さんも頷きました。

「少し考えましたね。ただまぁうちとしては真紀さんにいてもらうことがいちばんなので、余計な話はしませんでしたが」

　秀一さん、頷きます。

「実は、〈ゲームパンチ〉さんに、うちに入っていただけないかと考えていたんです」

「うちに？　ということは？」

「〈ARGホームラン〉傘下に加わっていただき、カラオケ〈Mスター〉＆〈ゲームパンチ〉としてやっていけないだろうか、というお話を、今日はさせていただきたいんです」

　傘下。

　買収、ですか。

〈ゲームパンチ〉さんを。

十九　嘘から出た真実

うちを傘下に。

「それは、完全に買収という形ですか」

訊いたら、いやいや、って荒垣さん、秀一さんが笑みを見せながら右手を軽く横に振った。

「そんな強引なことは考えていません。もちろん、これから話し合い、合意した上で協議という話になりますが、ひとつの形としては、経営に関しては今まで通り宮下さんを社長とする〈ゲームパンチ〉さんで。そこに私たちのカラオケ〈Mスター〉が同居するという形でももちろん展開できると思うんです」

つまり、傘下に入ると言ってもあくまでも〈ゲームパンチ〉として、共同経営にしていくという形か。

「うちの建物をそのまま改装して使うということで」

そうです、って秀一さんが強く頷いた。

「もちろんこれも協議の上での話ですが、あちらのビルを建て直すとかは今のところは考えていません」

もしも建て直すとなるととんでもない金額が掛かってしまうし、そこまでのものは考えていないんだろうなきっと。

「あれ？　でも〈Ｍスター〉さんは、ありますよね？」

五月が言うと、秀一さんがいいえ、って。

「カラオケ〈Ｍスター〉は、実はこの町にはないのですよ。居酒屋〈太公望〉はあるのですが」

「え、〈Ｍスター〉ってありませんでした？　あ、そうか」

ひとつ近くにあるけれど、あそこは隣町の駅前か。ここと隣町は本当にすぐ近くだから全然意識してなかったけどそうだったか。

「そうなんです。駅近をメインに展開している〈Ｍスター〉ですが、ここの駅近にはないんです。もちろんどこかにいい場所はないかと長いこと当たっていたんですが、なかなか見当たらずに」

「そうですね」

五月が頷いた。

「駅近と言えば、確かにうちのビルも駅近ですもんね」

うちの最寄りの駅前はちょっとS字というか&字というか、どうしてこんな形に、と誰もが思うほど変な形の道路になっている。三叉路とも四叉路とも言えて、その中の一本を進んでいけば〈ゲームパンチ〉の前の通りになるんだ。

まぁギリギリ駅近と言えないこともない。

「そうなんです。しかもこの辺には競合するカラオケ店もありません。そして〈花咲小路商店街〉の裏側で人通りもあり集客も見込めます」

それはそうだ。〈花咲小路商店街〉が賑わっているからこそ、弱小の我が〈ゲームパンチ〉も何とか今までもっているようなもの。

「実は〈花咲小路商店街〉にあるいくつかのビルでの展開もいろいろと検討してみたのですが、どうも端から上手くいきませんでした。カラオケ店はここにそぐわないんじゃないかという話も多く聞きまして」

「嫌がる人もいますからね。パチンコ店とかカラオケ店、ゲームセンターもそうですけどそういうのが商店街に並んでしまうのを」

「はい。それはわかります。そういう意味では〈花咲小路商店街〉は理想的というか、パチンコ店もゲームセンターもちょうどその裏側にありますよね。以前から疑問だったのですがこの配置は単なる偶然だったのでしょうかね？」

実は、偶然じゃないんだ。

「ここはかなり昔からの商店街なんですが、その昔にいろいろあって、変な人たちが出入りするようなものは商店街に含めないってなったことがあったようですね」

以前は四丁目に遊技場みたいなものがあったらしいけど、火事で焼けてしまった。

一緒に四丁目にあった飲み屋街みたいなものも全部なくなって、それ以来〈花咲小路商店街〉にはいわゆる遊技場みたいなものや、ただの居酒屋チェーンみたいなのも入っていない。

むしろ、離れるようにしている。

〈パチンコダッシュ〉さんや、〈ゲームパンチ〉が直接には商店会に参加していないのもそれがあるからなんだ。

「うちは宇部家の関係で準加盟ということで入ってはいますけれど」

なるほど、そうだったんですか、って秀一さんは頷く。

「それで、ここから先にお話を進めるには、まず〈ゲームパンチ〉さんに、今回の提案を受け入れる余地があるかどうか、可能性だけでもちょっと判断していただきたいんですが、いかがでしょうか？」

そうだよね、ここから先の話はまずはうちに傘下に入るなり合併するなり、とにかくその気がないと、進めてもまったく無駄な時間になってしまう。

五月と顔を見合わせた。

これは、二人で話す時間を取らなくていいことだ。

眼で了解し合った。

「お話をお聞かせください。充分に検討に値する、いや正直に言えばかなり積極的に話し合いたいです」

「ありがとうございます！」

「ただですね」

たぶん、ある程度秀一さんの方でも調査して把握はしているだろうとは思うけれども。

「正直、〈ゲームパンチ〉は赤字経営です。今にも倒れそうな、とまではいきませんが、ギリギリ保っているという状況ではあります。その辺はもう把握されていますか？」

秀一さんが頷いた。

「本当に、ある程度は。厳しい状況ではあるけれども、それでも右肩下がりになっているとかではなく、ちょっと言葉はあれですが、低空飛行であるけれどもギリギリ高度は保っておられるのではないかと」

その通りだ。さすが大きな企業の経営者。ちゃんと調べはついているんだ。

「それでも、ですね？」

大きく頷いた。

「それも含めて、のお話です」

「ありがとうございます」

頭を下げる。

まさかこんなことになるとは思ってもみなかったけど、めちゃくちゃありがたい話になってしまっている。

「では、改めて話を進めますが、実は今までにも何度か〈ゲームパンチ〉さんに客としてお邪魔していました。それでわかりましたが、あのビルは元々は四階建てぐらいのものを想定して建てられたものですね？」

「その通りです」

筐体が大きいゲームなんかのことも考えて、天井高のやたら高い二階建てにはなっているけれども。

「うちで展開している〈Mスター〉には部屋数が絞られてはいるけれど、多様性に富んだ使い方のできるものがあるんですが」

「知ってます。部屋でダンスレッスンとか、楽器の演奏練習とかもできるカラオケ店ですね？」

「その通りです。その形式のものにすると考えるならば、このビルは理想的だな、とずっと考えていたんです」

そっちの方か。確かに〈Mスター〉のあの形式でいくなら、うちの大きさは理想的かもしれない。

そして、ゲーセンと同居するっていうのもおもしろい。

スタジオ的な利用で、たとえばバンドメンバー何人かで待ち合わせて、もしも誰かが早めについてもゲーセンで遊んで待っていられる。

そうすればお互いに相乗効果になるし、部屋数は少なくてもスタジオとしての利用料金はカラオケよりも利益率が上がるはずだ。

きっと秀一さんはうちの中身も全部見て、改装するのにもそんなに予算も掛からないって見込んでいたんだろう。うちの方で予めそういうふうに造っていたから。

「おそらく改装にもそれほど時間は掛からず、〈ゲームパンチ〉さんを一時的に閉める期間もそう長くはならないかと思うんですよね」

「確かに」

　長くて、三ヶ月かな。

　急いでもいいことはないから、長く見積もって四ヶ月もあれば全部の改装は終わると思う。移動とかゲームの選別、入れ替えの準備期間を含めても、新装開店まで半年あればたぶん大丈夫だし、それぐらいであれば休んでいる間の従業員の給料とかも何とかなる。

　もしも、改装次第で僕と五月の住居空間までもなくなってしまうようなら、その辺は宇部家と上手くやれば何とかなると思う。実際、五月からは宇部家、〈たいやき波平〉の家に住んでも全然いいんだよ、とは前から言われているし。

　まぁその辺の話もこれからだ。

「それで、真紀さんがうちにいるとわかっても、そちらの会社に来てもらうようなことはせずに」

　そうです、って秀一さんは頷く。

「いや、そんなふうに言ってしまうと、何か全てが計算ずくの黒幕みたいに聞こえてしまうでしょうけれども、実はまぁこちらでもいろいろありまして」

　真紀さんを見る。

「お聞き及びかと思いますが、真紀さんがそちらで働いているのも、息子の太一がそんなことになってしまっているのを聞いたのもごく最近のことでして」

そうだった。

真紀さんはそう言っていた。

「父たちともまぁいろいろありまして、新しい家を建ててどうこうというのも本当につい最近のことでしてね。そういうのが何か急に一緒くたになってやってきてしまいまして。ようやく落ち着いていろいろ考えることができましてね。以前から考えていた〈ゲームパンチ〉さんへのお話も、真紀さんがいることでひょっとしたら上手く進められるのではないかと思っていたところにですね」

お父さん、荒垣隆司さんを見た。

「真紀さんから、こちらの宇部禄朗さんと、うちの父の、そのかつての話を聞かされて、本当に父ともどもも驚きましてね。何というか、偶然というか奇縁《きえん》というか」

「そうですね」

どう表現していいかわからない偶然。合縁《あいえん》奇縁。

かつてのアンパイアと、今のアンパイア。かつての球審と、捕手。

それがここで今、再び顔を合わせているんだ。

「それで、今回のこのお話、〈ゲームパンチ〉さんと〈Mスター〉の話は、本来うちの父も真紀さんも、それに禄朗さんも直接には関係ないのですが」

隆司さんが、そっと手を上げて秀一さんを制した。

「ここからは、私の方から」

今まで黙って話を聞いていた隆司さんが居住まいを正した。ゆっくりと、頭を下げた。

「まずは、宮下さん。これから会社同士の話し合いを進めていただくことになると思いますが、決して宮下さんの不利益になるようなことには致しません。会長として保証させていただきますので、よろしくお願いします」

「いえ、こちらこそ」

お互いに頭を下げる。そうだった、忘れそうになっていたけど、あくまでもこの人は会長さんだったんだ。

「この先の話をする前に、私の方から、宇部禄朗さんに」

禄朗くんの方を向く。

「宇部禄朗さん」

「はい」

「そのお名前を、忘れたことはありませんでした」

そう言って、少し息を吐いた。

「私を、恨んでいることでしょう。あれから二十年経った今でも」

禄朗くんが、唇を少し動かしてから、口を開いた。

「恨みとか、そういうものは最初からありません。あのとき感じたのは疑問と怒り。怒りは」

一度言葉を切って、隆司さんを見て少し微笑んだ。

「甲子園に行けなかった、というのがその怒りの元です。その後に出場を決めたことであっさり消えています。消えて、疑問だけが残りました。何故なのか、という疑問。それも、長い年月の間でただの苦い思い出のようになっています。もしも、こうして会うのではなくばったりどこかで会ったとしても、いきなり殴りかかったりもしませんし、むしろお久しぶりですとこちらから挨拶したかもしれません」

たぶん、本音だろうな。二十年は長いし、禄朗くんはそんな狭量な男じゃない。

隆司さんが、小さく頭を下げた。

「疑問というのは、あのときに私に問いかけた言葉ですね。『何故、嘘をついたのか。何故ストライクなのにボールと言ったんだ』という」

「そうです」

小さく頷き、そしてまた息を吐いた。

「仰ったように、宇部禄朗さんの高校、〈代嶋第一高校〉はその後に見事に甲子園出場を決めました。私は、ずっと見ていました。身勝手な言い分ですが、ほっとしました。心のトゲがわずかに抜けたようにも思いました。私がいたせいで甲子園に行けなかったであろう選手も甲子園への切符を手にしたのですから」

私がいたせいで。

ということは。

「口を挟むようですが、そのように仰るということは、禄朗くんがあなたを殴ってしまった原因になったあの一球は、やはり」

言うと、隆司さんは小さく頷いた。

「ストライクでした」

ストライク。

禄朗くんも、ユイちゃんも、五月ももちろん僕も思わず身体を動かしてしまった。

「ストライクなのに、ボールと言ってしまいました。ですから、禄朗さんがあの試合の後に、私に詰め寄って言った言葉に間違いはなかったのです。『何故、嘘をついたのか』と。その通りでした。私は、嘘をついたのです」

禄朗くんの判断は、正解だったんだ。

隆司さんは、あの球をストライクと判断したのにボールと言ったんだ。

「自分のやったことは、許されざること。そう思い、あの試合の後に私は審判員を辞めました。経営していた会社も、息子である秀一に譲り、半ば隠居同然でボランティアなどを始めました」

そうだったのか。禄朗くんも軽く眼を大きくさせたから、審判員を辞めたことは知らなかったんだな。

隆司さんは、ただ、って言って少し笑みを浮かべた。

「野球からは、離れられませんでした。子供たちに野球を、野球の楽しさを教えることもずっとやってきました。贖罪《しょくざい》、などと大げさにするつもりはなく、ただただ野球が好きだという思いだけは、どんなことをしても捨てられなかったものですから」

わかるな。それは本当にわかる。

本当に好きなものは、生きていく意味にもなってしまっているものなんだ。それを捨て去ることなんかできやしないんだ。

「何故だったのでしょう」

禄朗くんだ。

「今でも、全部はっきり覚えています。九回裏ツーアウト満塁で、得点は六対五。僕たち〈代嶋第一高校〉が〈翌二高校〉を一点リードしていました。打者は六番の大久保《おおくぼ》くん。スリーボール・ツーストライクになりました。次の一球がストライクで見逃したり、打っても凡退したりしたら僕たちの勝ち。フォアボールになったら押し出し同点でした。確かに、ボールならそのまま〈翌二高校〉がサヨナラ勝ちする確率がかなり高くなりますが、必ず勝つとは限らない状況でした。粘って延長戦に持ち込んで僕らが勝つかもしれない。負けるかもしれない。誰にもわからない状況だったんです。もっとギリギリのところで確実に〈翌二高校〉に勝ちを拾わせる嘘をついたのなら、八百長とも考えられました。けれども、あの一球の判定は、〈翌二高校〉に確実な勝ちを拾わせる判定ではなかったんです」

そうだ。それは僕もよく覚えている。

禄朗くんが言葉を一度切った。

「それまでの荒垣さんの判定は、完璧でした。一ミリの迷いも曖昧さもなかったんです。個人的に低めの判定がちょっと甘いとは思いましたが、そこにも曖昧さだけはなかった。この低さならボール、ここならストライク。しっかり線引きがされていた。キャッチャーとしては確実な判定を重ねられて、とてもいい試合ができていたんです。だからこそ、僕は」

　また言葉を切って、息を吐いた。

「あの一球の判定が信じられなかった。確かにボールともストライクとも取れるコースでした。けれどもあのコースは試合中全部ストライクでした。あの一球だけが、ボールだったんです。どうしてなんだと。怒りよりも、疑問でしかなかった。突然どこか体調が悪くなったんじゃないかと思ってしまったぐらいです。今日、ここに来られたということは、そしてこの話を自らしていただいているということは、その理由をお話ししていただけるんですか」

　禄朗くんの言葉に、ゆっくりと、隆司さんは頷いた。

「今回のこの偶然を、ご縁を真紀さんから、そして秀一から聞かされたときに、これは神様が与えてくれた機会なのではないかと思いました。謝罪とか贖罪とか、そんな言葉では言い表せないほどの大きな機会。自分の人生の締めくくりに訪れた僥倖《ぎょうこう》。そんなふうに、考えました」

　禄朗くんを見る。

「今から六十年ほど前の話です。二十年前のあの試合の日からすると、四十年ほども前になります。私が高校生の頃の、甲子園出場を決める県大会。優勝して県代表になった高校のナインだったのが、私と、禄朗さんのいた〈代嶋第一高校〉の松木《まつき》監督でした」

「えっ」

　思わず声が出てしまった。

禄朗くんも一緒だ。

「松木監督と？」

禄朗くんがいた当時の監督が。

隆司さんもまた、高校球児だったのか。

甲子園に行った。

「私は、当時は三塁手。そして松木はキャッチャーでした。二人ともレギュラーです。出場を決めたのは私たちが三年生のときでした。それは、この話とは別に本当に、良き思い出です。ただ」

表情を曇らせる。

「私には、どうしても松木を許せない思いがありました。その当時からです」

許せない？

「松木が今どうしているかを、禄朗さんはご存じですか？」

「いいえ」

禄朗くんが、首を横に振った。

「松木監督がいたのは、一年生のときまでです。僕が二年生になったときには監督が交代して、野田《のだ》監督になりました。僕らが甲子園に行ったときは、その野田監督だったんです」

そうだ、それも覚えている。監督が代わったことで野球が少し変わっていい方向に行ったんじゃないかって当時思ったことも、僕は覚えている。

「その後松木監督がどうされているかは、まったく知りません」

そうですか、って隆司さんが続ける。

「これも、そういうことになったのも、何かしらの兆《きざ》しというべきものだったんでしょうか。松木は、つい半年ほど前に病で亡くなりました」

「そうでしたか」

隆司さんは七十八歳になるはずだから、松木監督もそうだろう。

まだ早いのにと言えば、早いかもしれないし、ご病気を持っていたのなら致し方ない年齢か。

「それがなければ、もしもまだ松木が健在であれば、これも明らかにすることは、こうして話すことはできなかったかもしれません。それでも、全てを詳らかに話すことは避けます。当時、松木は付き合っていた女の子を妊娠させて子供を堕《お》ろさせていたのです。その後、彼女は自殺しました」

皆が、いやたぶん話を全部知っている秀一さん以外の皆が、少し驚いて眼を丸くした。身体を動かした。

そんな話になるのか。

隆司さんは、小さく首を横に振って続けた。

「その彼女は、私たち野球部のマネージャーの子でした。自殺したのは私たちが甲子園に出た後の話になりますが、それら全てを知っていたのは同じ野球部だった者の中でもほんの数人でした。私たちの間では松木を人でなしだとしていました。何かしらの反省の情でも見せていればまた違ったかもしれませんが、そういうものの欠片もあいつは示していませんでした。当然ですが、卒業後あいつと親しく会ったことはありません。同窓会など致し方ない場合でも、同じ甲子園に出たナインであっても、話すことなどありませんでした。それが」

また息を吐き、禄朗くんを見る。

「四十年経って、高校の、〈代嶋第一高校〉の野球部の監督になっていたのです。私は審判員になっていました。あんな男が高校野球の世界にまた来たなどと、私は許せませんでした。ましてや甲子園出場監督になるなど、もっての外だと、ずっとその思いが頭にありました。頭から離れませんでした」

誰も声を上げられなかった。

ただ黙って、隆司さんの話を聞いている。

「しかし、もちろん、勝負の世界です。私は、アンパイアです。どんな感情だろうとそれが判定に影響するようなことがあってはならない。そう考えていました。もっと言えば、仮にそういう感情が影響したとしても、それまで自分のそういう感情で、判定で、〈翌二高校〉に勝ちを持ってこられるような場面は一切ありませんでした。それはたぶん、禄朗さんもおわかりになるでしょう」

禄朗くんが、小さく頷いた。

いい試合だったんだ。お互いに五点六点を取り合うという展開ではあったけれども、決してピッチャーが悪かったわけでもなく、野手がエラーをし合うということでもなく、実力と実力の戦い。

白熱した試合が展開されていたんだ。

はっきりと覚えている。

「しかし、そういう試合展開の中で、あそこで」

隆司さんが、言葉を切った。

禄朗くんが、口を開いた。

「勝敗を左右するかもしれない瞬間が、あそこで来たんですね。直接の勝ち負けではないけれども、少なくとも大きく松木監督のいる、僕がキャッチャーをしていた〈代嶋第一高校〉の天秤の皿を敗者側へと傾ける重りが、あったんですね」

隆司さんが、息を吐いて、頷いた。

「その通りです」

一度下を向き、それから顔を上げた。

「あのとき、あの球を受けたとき、そして私が『ボール！』と告げた瞬間、禄朗さんが、一瞬私に向かって反応しようとしたのがわかりました。すぐに、これは私が嘘をついたのがわかったんだろう、と思いました」

「わかったんですか？　禄朗くんの反応が？」

思わず訊いてしまった。

隆司さんが、頷く。

「勝負の世界で、野球の試合の中で、そういうことはよくあります。非常に優れた選手が、集中力をギリギリまで高めて真剣に勝負をしている場なのです。まるで超能力のように相手の思考が手に取るようにわかるとか、ピッチャーの投げる球の軌道が見えるとか、そういうのは、あるのです。禄朗さんはとても優れた選手でした。試合をやっていて心底思っていました。この選手はひょっとしたらプロに行ける逸材かもしれないとも、思っていたのです。これは、本当です。ですから、あの瞬間も、そう感じたのです」

禄朗くんは、少し顔を顰めた。

禄朗くんは、あのときに隆司さんが、荒垣球審がストライクと判断したのに、ボールと嘘をついたと、感じたんだなきっと。

「確かに、私があのときストライクと言えばそこで試合終了でした。ゲームセットでした。禄朗さんたちの〈代嶋第一高校〉が甲子園に行っていたのです。申し訳なかったという思いがずっとありました。しかし同時に、松木を甲子園に行かせなかったというような思いがあったのも事実です」

疲れたように、隆司さんはまた小さく息を吐いた。

「その後、禄朗さん含む〈代嶋第一高校〉のナインが甲子園に出場したときは、本当に勝手な言い草ですが、安堵しました。これも勝手ですが、松木のいない〈代嶋第一高校〉をずっと応援していました」

ふいに、隆司さんは何かを思い出したような表情をして、禄朗くんを見た。

「直接関係はないと思いますが、私はてっきり宇部禄朗という選手はプロとまではいかなくとも、大学や社会人の世界で素晴らしい選手になると思っていたのですが、野球をやめられましたね？　それが何故かは、知るよしもなかったのですが」

あぁ、と、禄朗くんが少し笑みを見せた。

「甲子園が終わった後です。これも本当にまったく関係のない話で、交通事故に遭ったんです」

「事故に？」

「バイクに引っかけられるというもので、命には別状のない怪我だったんですけれど、転んだ拍子にバイクに乗っかられるという不運が重なって肩の骨をやってしまいまして」

そうなんだ。複雑骨折してしまった。お医者様が言うにはまるで逆の奇跡のような不運な事故だったたって話だ。

「それで、二度と以前のような送球はできなくなって、野球は断念しました。その代わりに、右で投げることはできるようにして、アンパイアに」

その前に警察官にもなっているんだけどね。

「そうだったのですか。惜しいことでしたね」

隆司さんが、また話し出した。

「許してほしいなどとは言えません。私の勝手な思いです。また殴られても構わないとも思っていますがこの歳になるとそうも言えません。殴られてコロッと逝ってしまってはとんでもない迷惑になりますので」

「それはそうですね」

　つい言ってしまった。

　禄朗くんだって、そんなこと望んでいない。むしろ、全部話してもらえたことで、望みが叶ったというか、疑問が解消されて嬉しいと思う。

「もういいんだよな？」

　禄朗くんに言うと、頷いた。

「人生で最大だった疑問は、なくなりました。そういうのもおかしな話ですが、はっきりとした理由を聞かされていたら、殴らなくても済んだなって思っていたんです。もちろん、アンパイアの一人としては決して許していいことではありませんが、もう済んだ話です。この先、どうこうはありません。わざわざお越しいただき、話していただいてありがとうございます」

　本当に、この不思議な縁がなかったら、これはやってこなかったんだ。おもしろいな人生って。

「それで、です」

　秀一さんだ。

「実は私も、このことを間接的に知っていたのです」

「知っていたとは？」

「父が、あの試合の後に突然アンパイアを辞めて、会社も私に全部任せて引退すると言い出したからです。一体何故、というのに父は何も答えませんでしたが、とにかく自分は人としてあるまじきことをした、と。その罰だと。そう言うからには、あの試合で何かあったのだろうと思っていました。そして、高校当時の仲間である松木監督があの試合にいたからには、何か関係しているのだろうな、と。そこまで推察はしていたんです」

商才のある人だから、きっとすぐにわかったんだろうな。

「そして、真紀さんの話を聞いたときに、今禄朗さんに話した顚末を、全部私にも話してくれました。なるほどそういうことだったのかと。私も、二十年越しに大きな疑問が解消されたというわけです」

人生いろいろある、っていうのは真紀さんの話を聞いたときにも思ったけれど、こちらでもあちらでもいろいろあるんだ。

「そして、父に頼まれました。いえ、会長命令とも言えますね」

「会長命令？」

「多大なる迷惑を掛けた謝罪をしたい、と。向こうが、つまり禄朗さんたちがそれを望まずとも、何かをしたいと。私が〈ゲームパンチ〉さんとの提携を考えていたことももちろん知っていましたから、禄朗さんのお姉さんがいるのであれば、宇部家への謝罪にもなるのではないかと。いかがでしょうか」

それは。

「傘下に入る、あるいは合併に関してこちらに大きなメリットになる提案をしていただけるとか、ですか？」

「そういうことも含めてのお話です。たとえば、具体的に言えばビルの改装費は全部こちらで持つとか、非常にいやらしい話になりますが金銭的なことも含めて、です」

禄朗くんを見る。

「父は、消えるものではない罪を犯したと、私も思います。それが消えるなどとは父も、私ももちろん思うことはありません。けれども、お願いしたいと思っています。〈たいやき波平〉のご主人としてでも、あるいは宇部家の主としての立場でも、禄朗さん個人の思いでも何でも構いません。父と私〈ＡＲＧホームラン〉として、何か贖罪のためにご提供できるものはありませんでしょうか」

そういう話か。

それで、全員を揃えて話をしたかったと。

禄朗くんは、じっと隆司さんを見ている。

「正直、何もいらないし、謝ってもらう必要もないとは思っています。さっきも言いましたが過去のことです。怒りも悔いも何もかも消えて、疑問もたった今解消されました。この先、良き隣人として過ごさせてくださいと言われれば、構いませんと答えます。同じアンパイア同士、話をして良い時間が過ごせるかもしれません。ただ」

「ただ？」

隆司さんが、少し身を乗り出した。

「皆が言うように、こんな不思議な縁というか、何かで繋がってしまいました。それならば、お願いしたいことがあります。まさしく、今回のことにぴったりなんです」

今回のことに？

「ぴったりとは？　なに？」

訊いたら、禄朗くんは少し笑みを見せた。

「ピアノを、用意してほしいのです。グランドピアノを」

「グランドピアノ？」

禄朗さん以外の全員が、まったく同じ言葉を同時に言ってしまいました。そして次の瞬間にその意味がわかったのは、私だけ。

まさか禄朗さん。ここでそれを。

秀一さんが、眼をぱちくりとさせます。

「〈Mスター〉の一室に、グランドピアノを置いてそこで弾けるようにする、ということですか？」

「そうです。そこでピアノレッスンができるようにしてほしいのですが、できますかね？」

隆司さんと秀一さんが顔を見合わせます。

「今までグランドピアノを置いた部屋はあったか？」

「アップライトはありますがグランドピアノは今まではないです。けれど、それは全然可能なことです。いや、簡単です。グランドピアノを購入すればいいだけのことですが、それでいいのですか？」

「できるのならば、ぜひお願いします」

秀一さんが一磨さんを見ます。

「それに関しては、問題ないですよね？」

一磨さんが、ちょっと躊躇しながらも頷きました。

「それはもう〈Mスター〉さんのフロア構成の話になりますから、うちとしては何の異存もないです。でも、禄朗くん。何がどうしてグランドピアノっていう話に」

「さっぱりわからないんだけど。あなたピアノなんか弾けないでしょ」

五月さんも言うと、禄朗さんが頷きます。

「唐突が過ぎるだろうけど、理由があるんだ。きっとこれもひとつの縁だと思える理由が」

実は、って禄朗さんが大賀くんと麻衣ちゃんの話を皆に教えます。

でも、全部話してしまうのはもちろん拙《まず》いので、いろんなことをぼやかして。

要するに知り合いにピアノの才能がある小学生の女の子がいるんだけど、悲しいことに離婚などの大人の都合に振り回されて、レッスンどころかピアノを自由に弾くことさえ、自分で練習することさえできなくなってしまっている、と。

「それが、ついこの間のことなんです。それで、無料でピアノレッスンができる環境をその子に与えてあげたいけれども、どうしたらそういうことができるか、と考えていたんですよ。そこで」

「今日のこの〈Mスター〉さんの話になったんだ。それでグランドピアノか」

なるほど、って一磨さん頷きます。

「そうなんですよ。何というタイミングなのか、とさっきお話を持ち出されたときに心の中では驚いていました。もちろん、その子が使わないときには普通に営業してもらっていいんです」

　五月さんが、ちょっと首を傾げます。

「ねぇ禄朗、今のその話に出てきた小学生の女の子って、ひょっとしたら大賀の同級生の子じゃないの？」

「あ、知ってたのか」

「なんとなーくだけど、聞いてるわ。でもどうして禄朗がそんなことに関わったの？　大賀に頼まれたとか？」

「そこら辺は、後から。四穂もまだ知らないことだから言わないでおいて。どうでしょうか、そういう事情も含めて、〈Mスター〉さんにグランドピアノとその部屋をお願いできますか？」

　禄朗さんが言うと、秀一さんも隆司さんも頷きます。

「最高のグランドピアノを取り寄せて、〈Mスター〉の一室に置きましょう。むしろそういうカラオケの使い方もできるのか、と眼からウロコが落ちました。ただ楽器も演奏できるカラオケ店、というのではなくて、それを必要とする恵まれない子供たちへの教育奉仕活動として、我が社全体で取り組みを検討したいです」

「ありがとうございます。よろしくお願いします」

　すごくいい話に進めました。すごいです禄朗さん。秀一さん、大きく頷きながら続けました。

「レッスンと言いましたが、するとピアノの先生も必要ですよね。その辺は、もちろんまずは〈ゲームパンチ〉さんとの提携をきっちり詰めてからの話になるでしょうが、無料と仰いましたがこちらで方法や手配を考えておきますか？」

「それはですね」

禄朗さんが、一度皆を見回してから言います。

「さっき離婚などの大人の都合で、とぼやかして言いましたが、五月も内情を知ってるようなので全部話します。でも、ここだけの話にしてください。他には絶対に漏れないように」

W不倫の話も全部しちゃいました。

それで、小学生の女の子、麻衣ちゃんはレッスンを受けられなくなってしまった。本当にピアノの才能があるみたいなので、無料でレッスンを受けさせてあげたいけれども、そんな話を不倫の果てに離婚したお母さんには持ち掛けられない。きっと同情や憐れみなどいたたまれないと思うでしょう、と。

「なるほど、それは確かにそうですね。禄朗さんが善意でと用意しても、拒否されたら終わりですね」

「だから、〈Mスター〉さんができたら、グランドピアノのある部屋が空いている時は自由に練習していいよ、というふうに持ち掛けたいんです。〈Mスター〉が五月や私、つまり同級生の大賀の親戚のところだから大丈夫なんだとなれば、お母さんもそれなら素直に甘えてもいいか、となるでしょう」

「なるわねきっと。その辺の根回しは四穂姉に任せれば上手くやるわよあの人。そういう策略とか籠絡《ろうらく》とか得意だから」

籠絡って。ちょっと笑ってしまいました。確かに四穂さんなら上手くできるんだと思います。

「そう思う。でもさすがに先生を無料で付けるのは無理があるでしょう。特別にと言ってもお母さんは納得できないでしょうし、専任のピアノ教師にボランティアを頼むのも無理な話です。ですから、〈ゲームパンチ〉や〈Ｍスター〉さんに勧める人間や関係者が勝手に教えてあげるんだ、ということにしておけばいいんじゃないかな、と。ユイは一応弾けるんですけど、やっていたのは中学までなんですよね」

禄朗さんが、ふいに思いついたような感じで、真紀さんを見ました。

「真紀さんって、ピアノを弾けたりしませんかね？」

驚いたのを顔に出さないようにするのに力が入りました。今、ここで訊くんですか。

真紀さん、ちょっとだけ眼を大きくさせました。

「ピアノ、ですか」

皆が真紀さんを見ます。

「一応、高校までは習っていました。ピアノ教室に通って」

「あ、そうなの？」

五月さんです。

「全然知らなかったわ」

真紀さん、ちょっと苦笑いしました。

「そこから先は、やっていなかったので」

それは、真紀さんのことです。浅川真紀さんは、高校卒業後には美術系の専門学校へ進んだんですよね。

でも、ここにいるのは浅川美紀さん、のはず。美紀さんは高校卒業後は教育大に進んで、音楽教師の道を選んでいます。

つまり、ここにいるのが美紀さんなら、ピアノの先生もできるはずなんです。

「それじゃ、どうでしょう真紀さん。〈Mスター〉さんが完成したら、その女の子のレッスンをやってもらえませんか。もちろん、仕事としてです。給料体系とかその辺は今後の話として」

禄朗さんが一磨さんを見ると、一磨さんも頷きました。

「もちろんだね。もしもそうやって〈ゲームパンチ〉と〈Mスター〉両方で働けるとなれば今までよりも給料が上がるのは間違いないんじゃないかな」

「そうなるでしょうね」

秀一さんも言います。

「でも、しばらくピアノなんか弾いていませんし。私が先生だなんて」

「無理強いはできませんけど、小学生レベルの話です。真紀さん、何歳から弾いていたんですか？」

真紀さん、ちょっと考えます。

「四歳から弾いていていました。ですから、十四年間」

「僕はピアノは全然わからないですけど、野球には詳しいです。もしも四歳から高校まで野球をやっていたのなら、小学生にコーチするのには十分な技能や知識が身に付いています。ピアノもそうじゃないでしょうかね」

「私も中学までは習っていましたからわかります。十分だと思いますけど」

それは本当にそう思います。

真紀さん、ちょっと微笑んで頷きました。

「わかりました。楽しそうです。もしもそれが決まったのなら、ぜひやってみたいです。事前に、久しぶりにピアノの練習をしておかなきゃならないですね」

「それなら、小学校でできます」

「小学校？」

思い出しました。

「学童保育の教室にピアノがあるんです。アップライトですけど。弾ける先生が今お休みしているんです。そこで、弾ける保護者の人が情操教育の一環としてボランティアで弾いたり教えたりしていているんです」

そこで、練習はできます。

「たぶん、息子さんは、優紀くんはこっちの小学校になりますよね？　それなら何も問題なく、ボランティアとして学校に通うこともできるはずです」

「それは、いいですね」

皆が頷きます。

「何か、とても良いように進みましたが、その女の子のレッスンのためにも〈ゲームパンチ〉と〈Ｍスター〉さんの提携、そしてもう改装工事の打ち合わせを早急にいかがでしょうか」

「そうですね。今日はさすがに無理ですから、明日から早速契約書作成とスケジューリングに入りましょう」

秀一さんと、一磨さん。がっちりと握手します。

本当に、思いも寄らないふうに事が進んでしまいました。

でも、きっと、禄朗さんはここまでの展開が、絵のようなものが既に頭に浮かんでいたような気がします。

そうでなければ、この場で真紀さんにピアノの先生の話を持ち掛けることなんかできないはず。

「あれね、禄朗」

「なに」

「改装の段階で、ひょっとしたらここに私たちが住むことになるかもしれないけれど。一時的でもあるいはずっとかも」

あぁ、と禄朗さん頷きます。

「全然構わないよ。部屋はたくさん空いているし、あなたの実家なんだからお好きにどうぞ」

「いやそれこそ、ねぇユイちゃんも」

「はい？」

何でしょう。

「あなたたちの結婚式も、さっさとやっちゃったら？　そうしたらこの家を〈ゲームパンチ〉の改装と一緒についでにちょろっとやっちゃってね。私たちと二世帯同居の家にだってできるでしょう？　私たちがここに住むのを前提にしてだけど。ユイちゃん私みたいな小姑《こじゅうと》が一緒に住むのは嫌だろうけど」

それは全然嫌じゃないです。むしろ毎日楽しくなりそうで嬉しいですけど。

「結婚式を、ですか」

「だって、ユイちゃんのお母さんだって、ユイちゃんが結婚するのを、向こうの籍に入るのをペンディングにして待ってるんでしょ？　善は急げよ。禄朗の足が全快するのを待ってたら、改装工事もたぶん終わっちゃうわよ」

「それは、いいかもね。どうせ新郎なんて足が痛くたってそこに突っ立っていればいいんだから平気だよ禄朗くん」

禄朗さんを見ます。

私は本当にいつでも構わないんですけれど、禄朗さんはきちんとしなければ納得できない人ですから、足が治ってからというのは決めていました。

禄朗さんは少し考えていました。

「うん、そうだね。〈Mスター〉さんとの提携が決まった以上、五月たちがここに来るのはもう確定のような気がするし、いつまでも中途半端は良くない。結婚式を挙げてしまおう」

びっくりです。

でも、これももう禄朗さんは決めていたような気がしました。


一磨さんと五月さん、真紀さんはすぐに〈ゲームパンチ〉の皆さんに知らせるために戻っていきました。荒垣さんのお二人も、細かい詰めは明日からですけれど、〈ゲームパンチ〉の中を見ながら大ざっぱに改装のポイントなどの話をするために一緒に。

禄朗さんは、見送りに外に出たときに隆司さんと握手をしていました。

これでもう何のわだかまりもなく、普通に知人としてお付き合いができるんじゃないかと思います。

たくさんのお客さんが来たのでどこかへ姿を隠していたクルチェが出てきて、もういいかな、とあちこち匂いを嗅いで部屋を歩き回っています。

「五月が、ここに住むとか言い出しただろ?」

「はい」

言ってました。〈ゲームパンチ〉さんの改装次第でしょうけれど、ほとんどこっちに住むのが確定のような。

「あれは、クルチェがいるからだよきっと。あいつ猫好きだからさ。それで改装するのをいいきっかけにしてここに住むとか言い出したような気がするんだよな」

「そうですか？」

「たぶんね。理由の三割ぐらいはそれじゃないかな。クルチェがいなかったら何とかして向こうにそのまま住む方向で考えたと思うな」

そうかもしれませんね。クルチェがここに来たときにいちばん可愛がっていたのは五月さんのような気もします。

「大丈夫かな。もちろん本当にそうなったら、ここの改築もしっかりとして別々に暮らせるようにするけれど」

「大丈夫です」

それは、本当に。

「改築なんかしないで、このままの状態で一緒に住むことになっても」

「いや、それはむしろ俺が嫌だな。一磨さんだってちゃんとした執筆部屋が欲しいだろうし」

笑います。でも、きっと大丈夫ですよ。

「真紀さんですけど」

「うん」

「ピアノの話の持ち掛けには、何の疑問もというか、おかしく感じていませんでしたよね。本当に偶然そういう話になったんだって感じてくれてましたよね」

私たちが真紀さんと美紀さんのことを知っているかも、なんてまったく思っていないように見えました。むしろ、どこか嬉しそうな感じもしました。

「大丈夫だと思うよ。俺の話の持って行き方も不自然じゃなかったろう？」

「はい。でも、禄朗さんひょっとしたらこういうふうに持って行くために、この数日の間に全部調べたんじゃないですか？」

何もかもを。

そう言ったら、ちょっと微笑んで頷きました。

「セイさんがね」

やっぱりそうでしたか。

「頼んで調べてもらったんだ。誰にも知られることなく、真紀さんと美紀さん姉妹のことを」

「〈怪盗セイント〉としての、技能を使って」

「そうは言わなかったけれどね。もちろん、秘密だ」

わかっています。

「あ、それと荒垣さんのこともね」

「提携の話もですか？」

「そう。〈ARGホームラン〉の社長と会長が二人揃って〈ゲームパンチ〉を加えての話なんて、事業の話しかないだろうと思ったからね。やっぱりそうだったよ。荒垣社長はけっこう前から〈ゲームパンチ〉の話を周囲にしていたらしいね」

そうだったんですね。

でも、セイさんはそんなことまで調べられるんですね。

「絶対に必要だと思ったんだ。美紀さんが真紀さんとして生きていることに、それに気づいた俺らだけでも確信を持たなきゃならないって」

「それを確かめることが、美紀さん、つまり真紀さんを見守っていくことに繋がると思ったからですね？　禄朗さんの直感だけではなく、厳然たる事実として」

そうだ、って頷きます。

「セイさんには全部話した。もちろんそういうことを誰かに話すような人じゃない。完璧に信用できる人だ。誰にも知られずに、真紀さんが美紀さんであるという事実を摑むには、おそらく実家の部屋の指紋を確かめるしかないって。そうしたら、セイさんも頷いていたよ。間違いなくそれしかないだろうね、って」

「じゃあ、セイさんは浅川さんの家を調べたんですか。誰にも知られずに」

頷きます。

「浅川さんの家は、やっぱり二人が家を出た後も部屋はまったく当時のそのままに残っていた。セイさんはどうやったのかは訊いていないし想像もつかないけれど、忍び込んで調べたんだろう」

「指紋を？　今の真紀さんの指紋も？」

「そう、今の真紀さんの指紋を取るのは簡単だったろう。〈ゲームパンチ〉にはきっと山ほど今の真紀さんの指紋があるんだろうからね。その結果、今の真紀さんの指紋と、亡くなったとされている妹である美紀さんの部屋に多数、山ほどあった指紋は完璧に一致していた」

「じゃあ」

やっぱり、真紀さんは、美紀さん。

あの事故を境にして、入れ替わった。

美紀さんは、亡くなった真紀さんとしてずっと生きている。

「それが、事実だ」

たぶん、真紀さん以外には誰も知らない。私たちを除いては。

「真紀さんは美術系の専門学校へ行って、そして美紀さんは教育大に進んで音楽教師の道を選んだというのは、権藤さんも調べてくれていたよね。ピアノの先生もやっていたって」

そう言ってました。

「それを聞いたときに思ったんだ。まったく別の件だけれど、大賀の話があってそして美紀さんのピアノの先生の話が出て、真紀さんが美紀さんならピアノの先生ということでそこで結びつけられるんじゃないか、とね」

「麻衣ちゃんのピアノの先生をやってもらえないか、ですね」

大きく頷きました。

「双子の姉妹なら、一緒にピアノを習っていてもおかしくない。だから、それもセイさんに調べてもらったら、間違いなく二人とも高校まで同じピアノ教室で習っていたんだ。当時の先生にも確認できたらしいよ。双子らしく、二人とも技量は同じぐらいだった。つまり、ピアノの先生になった美紀さんと真紀さんは同じぐらいピアノが上手だったってことだ。わかるだろ？」

「今の真紀さんが、麻衣ちゃんの先生を引き受けてもまったくおかしくはない、ですね？　それがきっかけになって、美紀さんが実は真紀さんになっている、というのがバレることもないと真紀さん自身も確信できる」

「そう。真紀でありながら、本来美紀のものだったピアノの先生というのを選んでいけるんじゃないかと思ってさ。そもそもピアノ教室の先生に資格なんていらないからね。高校まで十四年間やっていたのなら、小学生相手になら本当に十分だよ」

　禄朗さんが、小さく息を吐きます。

「どんな思いがあったのかは、わからない。美紀である自分を捨てて真紀になることにね。でも、どれほどの強い思いがあったとしても、美紀であることを何もかも捨てて生きるのは、生き続けるのは辛いはずだ。もしも、彼女が真紀でありながら美紀としての自分を少しでも活かせるのなら、と思ってさ」

　誰にも言えない秘密を抱えて生き続けることの辛さ。

　それは禄朗さんがいちばんわかることだったのかもしれません。家族にも友人にも誰にも言えない隠し事。

　禄朗さんは私に初めてそれを明かしましたけれど、真紀さんはたぶんまだ誰にも告げていない。言えない。このまま生きていく。

　そこに、禄朗さんは、美紀として生きてきた証しのピアノを与えてあげようと思った。それで、ここまでのことを描いたんですね。

「余計なお世話だったのかもしれないけれどな」

「大丈夫だと思います」

　真紀さん、確かに嬉しそうでした。

「きっと、喜んでくれています」

　アンパイアの判断を。

☆

〈花咲小路商店街〉の三丁目のど真ん中にある石像。そこには、こうキャプションがあります。
〈海の将軍〉制作者：マルイーズ・ブルメル
『海の神であるポセイドン神を象《かたど》った彫刻は数あるが、フィリップ二世がパリ防衛の要として造らせたルーブル城、すなわち後世のルーブル美術館の基礎となる建物に最初に所蔵されたとされる貴重な彫刻作品である。制作者であるブルメルの名はこの彫刻に刻まれたものしか史上発見されておらず、それ以外の資料はない。後世のポセイドン神のイメージからは遠く離れた、まるで学者か哲学者の如き風貌はフィリップ二世を模したものではないかと解釈されている。当時のルーブル城、すなわち城塞の守り神として置かれたと考えられているが、何故海の神を選んだのか美術研究者の間ではいまだに論争が繰り返されている。さらには台座となる部分に刻まれているのは海の文様ではなくおそらくは星座と考えられ、当時の天文学者たちが何らかの形で関わったことが推測されている。技法は武骨ではあるが、穏やかな表情と相俟《あいま》って、圧倒的な迫力を醸し出すことに成功している』

そして、この〈海の将軍〉にはその昔〈愛の審判者〉という呼び名もあり、この像の前で永遠の愛を誓うということも盛んに行われていたそうです。

この〈花咲小路商店街〉でも三丁目の〈白銀皮革店〉の白銀克己《かつみ》さんと、セイさんの娘さんでもある亜弥さんが最初に人前結婚式を挙げました。その後、何組もの結婚式が行われてきましたし、商店街に住む人たち同士の結婚式は必ずここでした。

アーケードがあるので雨が降っても平気ですし、何よりもたくさん商店街の人たちが集まって、祝福してくれるのです。何度も見てきましたけど、本当にいいものだなぁと憧れていました。

自分の結婚式もここですることを夢見てきましたけれど、今日は、その結婚式。禄朗さんと、私の。

〈商店街のアンパイア〉が〈愛の審判者〉の前で結婚する、と、もう商店街全店の皆さんが集まって、祝福してくれました。

〈ゲームパンチ〉と〈Mスター〉の新装開店も、つい三日前のことでした。

新しい店名は〈GAME　STAR〉となりました。もちろん社長は一磨さんのままです。

〈ARGホームラン〉さんはこれを機にしてゲームセンターの経営にも乗り出すそうです。

そこにグランドピアノがある部屋も、もちろんあります。大賀くんが送った麻衣ちゃんの動画は見事一次審査を突破しました。二次審査の動画は、もちろんその部屋で撮ることになります。今度はこっそりではなく、堂々と、麻衣ちゃんのピアノの先生にもなった真紀さんもきちんと参加して。

宇部家の改装は、もう少し先になります。やっぱり足がきちんと治ってから、自分たちでできることは自分たちでやりたいと禄朗さんが言うので、そのままの形で五月さんと一磨さんと四人で、いえクルチェも一緒に四人と一匹で暮らしています。

この作品は「WEB asta*」二〇二三年三月～二〇二四年六月まで連載されたものに加筆修正しました。

小路幸也（しょうじ ゆきや）

北海道生まれ。広告制作会社を経て、執筆活動へ。
『空を見上げる古い歌を口ずさむ』で第29回メフィスト賞を受賞して作家デビュー。
著書に「東京バンドワゴン」シリーズ、「マイ・ディア・ポリスマン」シリーズ、
『カレンダーボーイ』『ピースメーカー』「花咲小路」シリーズほか多数。

花咲小路二丁目中通りのアンパイア

2024年12月9日 第1刷発行

著　者　小路幸也
発行者　加藤裕樹
装　丁　bookwall　装　画　上杉忠弘
編　集　稲熊ゆり 森潤也
発行所　株式会社ポプラ社
〒141-8210 東京都品川区西五反田3-5-8 JR目黒MARCビル12階
一般書ホームページ www.webasta.jp

組版・校閲　株式会社鷗来堂
印刷・製本　中央精版印刷株式会社

N.D.C. 913 321p 20cm ISBN978-4-591-18408-0

P8008482

小鳥とリムジン

小川糸

家族に恵まれず、生きる術も住む場所もなかった小鳥。過去の経験から他人と接することに抵抗がある彼女は、18歳の時から父親と名乗る「コジマさん」を介護して暮らしていた。コジマさんが亡くなった日の帰り、小鳥は店前の香りに心惹かれていたお弁当屋さんのドアを開けてみる。

町なか番外地

小野寺史宜

アプリで知り合った二人目と別れたばかりの佐野朋香。家族とうまくいかず、仕事も行き詰まる片山達児。仲間を若くして喪った青井千草。後輩の陰口にショックを受けて会社を辞めた新川剣矢。平凡な暮らしが揺れ始め岐路に立つ、小さなアパートの住人たちが紡ぐ愛しい日々の物語。

なんどでも生まれる

彩瀬まる

外敵に襲われ逃げ出したところを、茂さんに助けられたチャボの桜。茂さんは、仕事も人間関係もうまくいかず、東京の下町の商店街でジイチャンが営む金物店の二階に居候している。茂さんを外へ連れ出してくれる相手を探しに出かけた桜は、さまざまな出会いを引き寄せることに——。

ヒカリノオト

河邉徹

努力が結果に結び付かず苦悩する会社員、期待に応えようとするあまり心身を壊した女性、久しぶりの恋の予感にときめくカメラマン――。時に慰め、時に励まし、彼らの人生の岐路に寄り添っていた一つの音楽が、場所や時間を超えて広がっていく奇跡を、みずみずしく描いた連作短編小説。

さいわい住むと人のいう

菰野江名

ある日、豪邸に住む高齢の姉妹、桐子と百合子が二人とも亡くなった。老姉妹は、なぜこんな豪邸に二人だけで住んでいたのか？　時代をさかのぼり紐解かれていく人生。戦争孤児で親戚をたらいまわしにされてきた彼女たちが誓ったこととは……？

温かい涙があふれる、感動の物語。

冷たい恋と雪の密室

綾崎隼

2018年1月11日。新潟県三条市で、JR信越線が大雪で立ち往生するという事件が発生。高校生男女たちも電車に閉じこめられ、15時間〝密室〟となった車内で、熱い恋が動き出す……！　実際に起きた事件を基に、ラストの思いがけないどんでん返しまで鮮やかに描き切る恋愛ミステリ。